冒死记录 5

DEADLY RECORD

张海帆 著

江苏凤凰文艺出版社
JIANGSU PHOENIX LITERATURE AND ART PUBLISHING, LTD

图书在版编目（CIP）数据

冒死记录．5 / 张海帆著．-- 南京：江苏凤凰文艺出版社，2018.5

ISBN 978-7-5594-1855-5

Ⅰ．①冒…　Ⅱ．①张…　Ⅲ．①科学幻想小说－中国－当代　Ⅳ．①I247.5

中国版本图书馆 CIP 数据核字（2018）第 070562 号

书　　名	冒死记录．5
作　　者	张海帆
出 品 人	柯利明　吴　铭
策　　划	高瑞贤
校　　对	雕龙文化
责任编辑	牟盛洁　李　黎
出版发行	凤凰出版传媒股份有限公司 江苏凤凰文艺出版社
出版社地址	南京市中央路 165 号，邮编：210009
出版社网址	http：//www.jswenyi.com
印　　刷	三河市龙林印务有限公司
开　　本	880 毫米 ×1230 毫米 1/32
印　　张	8.5
字　　数	189 千字
版　　次	2018 年 5 月第 1 版　2018 年 5 月第 1 次印刷
标准书号	978-7-5594-1855-5
定　　价	36.00 元

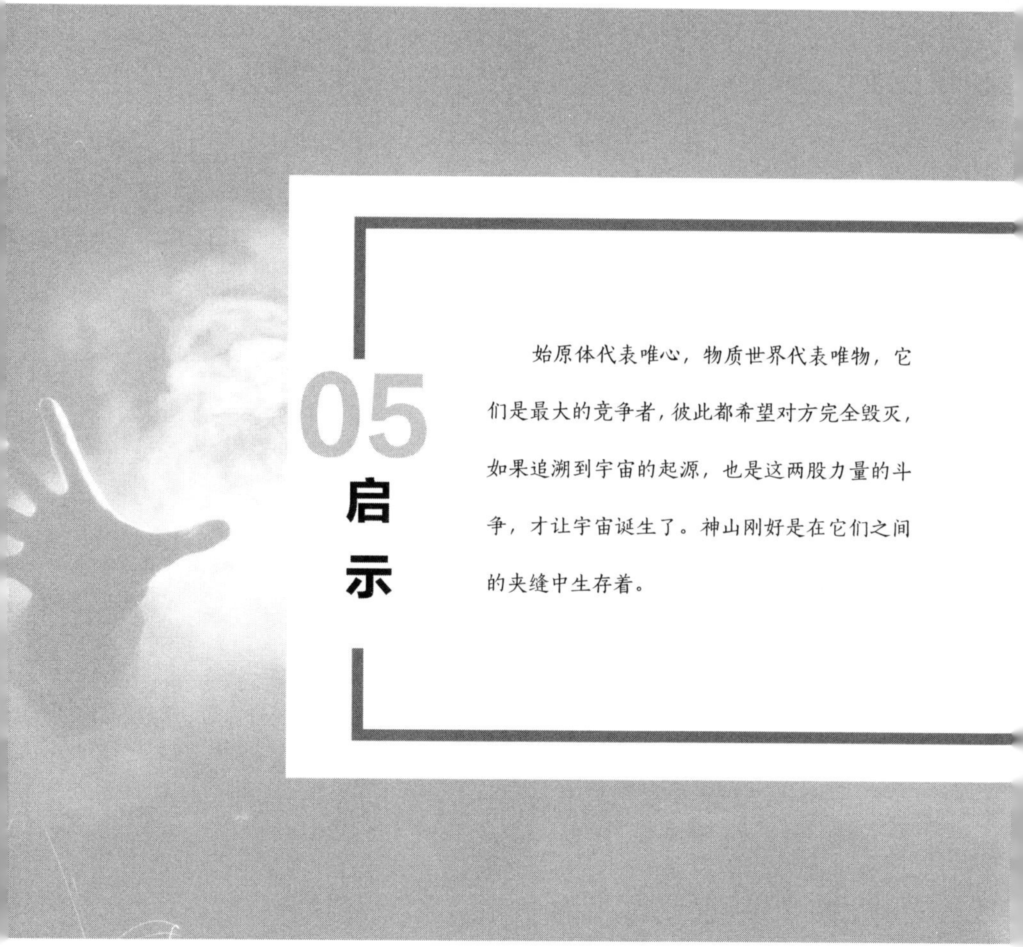

05 启示

始原体代表唯心，物质世界代表唯物，它们是最大的竞争者，彼此都希望对方完全毁灭，如果追溯到宇宙的起源，也是这两股力量的斗争，才让宇宙诞生了。神山刚好是在它们之间的夹缝中生存着。

目录 CONTENT

目录 CONTENT

目录 CONTENT

一 如此轻描淡写

我吓得生生退了一步，都不知道该如何说话了。只是睁大眼睛，用手指着周宇，说：“你、你、你……”

周宇皱了皱眉头，说：“张清风，不带这样吓唬人的啊。”

我转头看了看谢文，谢文面无表情地坐了下来，并不搭理我。

难道我是做了一场噩梦吗？这个面前的周宇，无论从任何角度上来判断，都是周宇本人。我记得清清楚楚，我把周宇吃了的，怎么会？怎么会这样？周宇还活蹦乱跳的？

我很想落荒而逃，但是无论如何也迈不出脚，就这样，一会儿看看周宇，一会儿看看谢文，站在原地不知如何是好。

周宇哼了声：“我说张清风，你真的吃错药了？”

我颤抖着说："周宇？啊？周宇？"

周宇不耐烦地说："是、是，我是周宇！我不会长了三只眼睛了吧。"说完把自己的脸摸了几把。

谢文嚷了一声："张清风，你别发神经啊。"

我连忙"哦"了一声，这个时候，谢文的话有绝对的权威性。

我小心地边看周宇边坐下来，说："周宇，你不是今天下午和我出去了吗？"

周宇正在啃一包方便面，他似乎也是满腹狐疑地打量着我，说："谁下午和你出去了？我下午一直在寝室看武侠小说。"

我看周宇的表情，没有任何伪装的样子，难道我今天一整天都出现幻觉了吗？或者这个周宇并不是真的，只是和周宇一模一样？我偷偷看周宇的样子，连他皱眉头的方式都是熟悉得不能再熟悉。看来我真的是出现幻觉了，但是如果是幻觉，这幻觉也太真实了吧。

正想着，隔壁寝室的老三推门进来，把我吓了一跳。隔壁老三也没太注意我，冲到周宇面前嚷道："看完了没有？"

周宇嬉皮笑脸地说："还差一点，还差一点，半小时，半小时。"

隔壁老三说："刚才就说半小时。"

周宇耍赖皮地说："求你，还有几十页，您老先玩点别的，我保证半小时之内把书双手奉上！"

隔壁老三说："好吧，说好了啊，到时候我可不管啊。"

周宇说："行，行，您老放心。"

隔壁老三嘟嘟囔囔地走了，还不忘看我一眼，似乎想对我说我怎么看着奇怪得很，最后什么也没有说，拉门出去了。

周宇骂道："看到了吧，我一天都在寝室看小说。"说完就继续啃着方便面，聚精会神地看起桌面上摆着的小说。

我嘘地喘了口长气，看了谢文一眼，谢文也正翻出一本书，头也不抬地看着。

我真不知道说什么才好，如果让我选择，我宁愿相信我今天一天都是幻觉，而不愿意相信我把周宇吃了以后他还活生生地待在寝室里。

不过再怎么也要给自己一个解释，我决心要找谢文谈一次。

陈正文过了一会儿也闷声不响地回来了，他仍然一句话都不愿意多说，回来也只是和我们打了个招呼，一会儿就出去了。

周宇按时看完了书，拍了拍屁股去隔壁寝室了，半天都没有回来。

谢文哼了哼，把书收起来，拿着自己的包就要出去，我赶忙和谢文打招呼，说："去哪？"

谢文说："跟着来吧。"

我如同得到大赦一样，赶忙把自己的包也一夹，跟着谢文就出了寝室。

谢文和没事人一样，在学校里晃来晃去，我跟着谢文，也不敢随便和他说话，现在的谢文在我的眼中，简直就是一个介于魔鬼和神仙之间的人，总觉得要是把谢文弄生气了，谢文一招手，就会冲出一批人把我吃掉。

谢文一直走到学校后门才停下，来回看了几眼，就往后门的琴园书吧里走。我像个跟屁虫一样，紧紧地跟着，直到谢文走上琴园书吧的二楼，一屁股坐下来，我才忙不迭地坐在谢文的对面。

谢文说：“哦，你要跟我说什么？要憋死了？”

我赶忙说：“谢文，唉，谢文，我们今天下午是去了平阳那边的郊区吧，我记得我差点被周宇吃了。”

谢文说：“什么乱七八糟的，你做梦了吧。”

我说：“不是，不是做梦，谢文，是你救了我，又让我吃了周宇。”

谢文说：“周宇又不是面包，吃什么吃？”

我刚要说话，琴园书吧里那个小服务员过来了，说：“喝点什么？”

我连忙把钱包掏出来，很大方地点单：“两大杯冰柠檬茶。”

谢文笑了笑：“突然变大方了啊。”

小服务员收了钱，转身出去了，我看整个二楼都没有什么人，胆子大了些，说：“谢文，你知道的，我吃了周宇，是吃了。在平阳的一个小山沟里面，怎么，你不记得了？”

谢文说：“哦？周宇不是在寝室好好的吗？”

我着急地说：“不是、不是。我绝对没有记错，你看你看，我这个胳膊、腿，都是新长出来。”说着就把胳膊往谢文眼前凑。

谢文轻描淡写地说：“张清风，你是不是精神分裂了？”

我急得抓耳挠腮，谢文越是这样轻描淡写的，我觉得越是心里堵得厉害。我几乎要喊了起来，说：“我没有发疯，我记得的，你让我吃了周宇，我就吃了。”

话音刚落，那个小服务员端着两大杯柠檬茶就过来了，打量了我一眼，估计也没有听清楚我说了什么，把柠檬茶放下就走了。

谢文看小服务员走了，把柠檬茶端起来吸了一口，突然笑了，说：“好吃吗？”

我想都不想就说："好吃！"一说出口就知道自己失态了，连忙转口说："你记得！"

谢文打量了我一眼，说："记得。"

我松了口气，说："急死我了。我还真的以为我有幻觉呢。"

谢文说："你敢告诉别人你吃了周宇的事情吗？"

我说："不敢，不敢。"

谢文笑了。他刚才那样子，我还以为我真的有精神分裂呢，这下可好，我是绝对不敢和第三个人说了。

谢文说："那什么 C 大队、B 大队他们呢？"

我心中如同大棒猛击了一下似的，难道谢文都知道我和刘队长、土大夫的事情？他既然能说出来，就一定是知道的。

我怎么敢和刘队长说起这个事情！我吃了人，周宇的残骸还沉甸甸地在我的肚子里，这种已经超出了想象的事情，我是绝对不会让他们知道的。

于是我很坚决地说："打死也不说。"

谢文说："嗯，相信你。"拿起柠檬茶又喝了一口。

我问道："周宇怎么还在寝室里呢？"

谢文边喝边说："傀儡人。"

我说："傀儡人？假的吗？"

谢文说："也不是完全的假的，至少所有人都认为他是真的，只是现在这个周宇没有自我意识，叫周一宇也行。"

我说："没有自我意识？周一宇？"

谢文说："哦，通俗点说，就是没有灵魂吧，就是机器人吧，所有的记忆情感习惯等都是复制过的，只是不该有的东西全删了。

叫他周一宇也不太合适，嗯，对，傀儡人一般不能带数字的，他那是作废的意识。”说到后面，谢文像是自言自语起来。

我说：“机器人？天啊。那现在这个周宇从哪里造出来的啊？！”

谢文说：“不是那种机器人，现在的周宇也是有血有肉的，只是他现在不知道自己是谁。我们看他，完全没有任何问题，就是周宇。但是他不会考虑自己是谁。咳，我最怕解释这种啰唆事了，你爱怎么想就怎么想吧，反正我们学校多的是这样的傀儡人。”

我说：“哦，好的，好的。只是，我和周宇到底是什么啊？谢文你又是什么人啊？”

谢文说：“不是说了吗？我是你们的管理员，周宇是试验品，你比周宇高级，周宇要吃了你，我肯定不能让他得逞。”

我小心翼翼地说：“那你是深井吗？”说出这个话来，是因为士大夫和刘队长与我谈话的时候提到了这个神秘的组织，我再也想不到别的名词来替代谢文的身份。

谢文“哦”了一声，说：“没想到你还知道得挺多嘛。是啊，我就是！不过，B 大队的人和你说的有错误，没有深井，只有神山。呵呵，他们搞错了，也不知道从什么地方听到深井这个名词的。”

我说：“神山？那还有一个深井喽？”

谢文说：“神山、深井，都是我们，叫法不同。明白了吗？”

我说：“哦，明白了。哎呀，我都不知道该问什么了。”

谢文说：“可以理解，估计你脑袋里最近知道的东西有点多。特别是见过 B 大队的人，恐怕对你的世界观有些冲击。”

我说：“那我该怎么做啊？”

谢文说："我也不知道你该怎么做，我只是负责看着你们，不要出乱子。"

我喘了口气，说："那我们班上的人都是我这样的？"

谢文说："哦，那倒不是，就你和周宇是一样的。其他人嘛，未来都是同类吧。"

我说："同类？那怎么就我会变成这样的？"

谢文说："你问题真多啊，没办法，只能告诉你。你嘛，本来和大家是一样的，后来你碰到一个女的，她让你进化了。我也不知道为什么会选择你，呵呵，你进化了，进化成新的人类物种。"

我说："我进化了？我不是怪物吗？"

谢文说："怪物？什么怪物？你是人类进化的一种方向的尝试，不用吃饭，不会受伤，能再生，还能改变形体适应不同环境，很棒吧。现在的人类躯体，又脆弱又麻烦，没法玩了。"

我说："可是，周宇说会死的。"

谢文说："这个对你来说还真说不准，因为你比周宇高级，应该不会像周宇一样出现衰竭，而不得不要依靠吃掉你获得生命。周宇没有吸引女性的魅力，你有，这是很大的不同之处。雌性的人类大多数会被你吸引，因为你是更优秀的人类，这都是生物的本能。所以，周宇是怪物，你是进化的人类。明白？"

我说："不太明白。"

谢文说："那随便你明不明白吧。"

我说："所以周宇妒忌我？"

谢文似乎在自言自语地说："哦，没想到你和周宇是一山不容二虎，嗯嗯，两个都有所进化了的人类估计非要争个你死我活的。"

我想起来一件事，连忙说："你不怕被人听到吗？"

谢文说："听到？哈哈，别人以为我们在编科幻故事吧。你是怕C大队听到吧，忘了告诉你，你身体里那个C大队的爪子，早就被你消化了。就算没消化掉，我也早弄坏掉了。他们估计也发现了，不过正在内斗搞什么抓奸细的计划呢，还没有来得及给你弄新的。C大队、B大队、A大队，太嫩了，太嫩了，不值一提，不值一提。"说完谢文轻描淡写地笑了笑，根本不把我认为已经很厉害的刘队长、土大夫他们当一回事。

我说："如果他们有新的办法呢？"

谢文说："那会有指示传达给我的。"

我说："我现在真的糊涂极了。"

谢文说："会越来越糊涂的。"

谢文话音刚落，我的书包里刘队长的手机震动了起来，我连忙掏出来，向谢文示意我该不该接。这个时候，什么我对土大夫、刘队长的承诺，早就丢到九霄云外去了，现在面前的谢文，才是我的救世主。

谢文说："接吧，他们肯定还以为自己取得了重要进展了呢。"

我点点头，接了电话，只听刘队长在电话那头喘着粗气说："深井出现了！找个安全的地方待着，我来接你！"

二　锲而不舍的恶念

我接着电话，看着谢文，难道刘队长发现了谢文是深井？谢文看我的眼神不对劲，笑了下，摊了摊手，也不说话。

我回答刘队长："什么？在哪里啊？"

刘队长说："就在你身边！"

我说："什么？！我身边？"我忍不住又看了看谢文。谢文还是无所谓一样，把柠檬茶拿起来喝，表情也是无所谓似的。

我说："不是，我不明白……"

刘队长打断了我的话，说："不多说了，我到学校了就给你打电话。"说完就挂了电话。

我拿着电话发了一会儿愣，对谢文说："刘队长发现你了。"

谢文说："是吗？"

我说："刘队长说就在我身边。"

谢文说："哦？那他很有一套嘛，都发现我是深井了。"

我有点着急地说："你怎么一点都不着急，他要来学校了，该怎么办啊？"

谢文说："没什么办法。"

我越发地着急起来："哎呀，急死我了！"

谢文哈哈笑了起来，说："走吧，走吧。你别回去晚了。"说完起身就走。

我连忙也站起来跟着他，真不知道这个谢文葫芦里卖的什么药。难道谢文认为刘队长说的根本就不是他？也很有这个可能性，像谢文这么厉害的人，可能早就有对策了。

我还是像跟屁虫一样跟着谢文，慢慢地向寝室走去，一路上再没有说什么话。他沉默不语，我也不知道该怎么和他说话。说真的，到现在，我才发现，谢文单独和我在一起的时候，与在大庭广众之下完全不同。刚才谢文显得平和又亲切，一点都没有平时故作神秘的样子，简直像是换了一个人，而一走到学校，脸上的表情神态，就恢复到平时那个故作清高神秘兮兮的状态了。谢文没有向我强调过一句绝对不要向别人说起他的身份，甚至都没有关心我是不是会告诉别人，但是我心里却认定了我绝对不能和别人说起谢文的身份以及刚才说的一切内容。这跟刘队长和土大夫恐吓似的方法完全不同，但起到的作用是不可比拟的。也许，故作神秘和反复警告会让人产生抵触心理，而坦诚和公开却让人觉得你和他是站在一起的。谢文和土大夫两个人的言行，真是天壤之别。

这个时候，天已经黑了。

回到寝室不久，刘队长的电话就响了起来，刘队长电话里吩咐道：“到学校大门来，拣人多的地方过来。”我“哦”了一声，还是看了看谢文，谢文还是没有搭理我，可能因为那个假的周宇这个时候正捧着另外一本武侠小说看得带劲。

在学校门口，刘队长不知从哪里冲了出来，一把把我拉向一边，并警惕地四下张望着，说：“跟我来吧。”我点了点头，我突然觉得刘队长和我不是一类人，他更多的是在利用我，而且总是企图把我推到不能自拔的困境中。

校门外僻静的角落停了一辆轿车，驾驶座上坐着的人有点眼熟，我和刘队长坐到后座，他和我打招呼我才认出来，这个家伙就是我曾经见过的山猫。山猫这个人长了一张大众脸，第一次见面就觉得眼熟，所以今天再见到，一眼就认出来了。

山猫也冲我乐了一下，说：“记得我吧。”我点点头。

刘队长说：“快走吧，麦子那边控制不了这老狐狸多久。”

山猫点了点头，说：“老鹰刚刚也过去了。”

刘队长“啊”了一声：“老鹰也出面了？看来还真是一场硬仗。”

山猫“嗯”了一声，发动了汽车，娴熟地把车从角落中移了出来，飞快地行驶着。

我问刘队长：“怎么？深……井……不是在我身边吗？不在学校？”我那个“深”字差点要说成“神”字，幸好我反应够快，才改口了，要不神山这个从谢文嘴里听来的名词可能就蹦出来了。

刘队长说：“你们学校肯定有，不过不能确定是谁，我们也不可能把你们一个班的大学毕业生都扣押下来。你不是一直发现有人在跟踪你吗？跟踪你的人应该就是深井的成员。”

我连忙说：“是啊，是啊，我和你说过的，有人跟踪我。”

刘队长说：“跟踪你的不只一个人，你们班上的几个同学，都有被跟踪的迹象，所以，有些事情很明显了。”

我说：“那……我们到底去哪里呢？深井是谁呢？”

刘队长说：“这个人的名字你也许听说过，刘国栋，你有印象吗？”

这个名字真的很耳熟，但是一下子想不起是谁了。

刘队长继续说：“你曾经被你的情敌抓住过吧，他是刘婉婷的男朋友张向阳的大老板。”

我记得这个个子不高，一脸腐败模样的张向阳了，刘国栋是刘婉婷和张向阳吵架的时候提到的人，张向阳好像对这个刘国栋是又敬又怕的。

我说：“啊，我记得了。他是深井？”

刘队长说：“是的，我们已经查清楚就是刘国栋手下的人跟踪你的，呵呵，多亏了山猫。”

山猫打了个哈哈，说：“别，我那天的事情也忘了，记忆被人改了，只是鬼知道怎么在笔记上记了出发去找刘国栋的事情。”

刘队长上去拍了山猫一下，说：“除了刘国栋是深井这个可能性，谁还能抹掉我们那天的记忆呢！”

山猫说：“要确认刘国栋是深井，够我们受的。他可是总长啊。”

刘队长说：“要不带张清风过来干吗？！”说完还向我递过

来一个看似友好的眼神。

我心里有点不高兴，原来我就是刘队长他们使用的一颗棋子罢了。这个刘国栋真的和谢文一样是那个叫神山组织的人吗？那我到底是帮刘国栋还是帮刘队长呢？

汽车一路飞驰着，很快就开出了市区，直奔一个有点偏僻的小村庄。这个地方应该是燕北的北五环外了。

汽车驶进了一个大院，嘎地停在一个三层楼的别墅一样的房子跟前，而别墅前，已经横七竖八堆了好几辆车了。一到这个房子面前，山猫和刘队长都紧张了起来，把我带下车后，从包里掏出枪来，别在后腰上，拉着我就往别墅里走，一路上都是人，看上去都是刘队长的同事。这一下把我搞得有些紧张，难道双方要开打吗？

我一进屋就感觉到浓浓的火药味，这个别墅的一层是一个面积巨大的大厅，中间镂空，二楼是一个欧式的大回廊，能够从二楼直接看到一楼大厅的情形。

整个大厅是一屋子的人，接近二十人，呈明显的对峙状态。上二楼的楼梯口堆了近十个人，尽管都是穿着便衣，一看眼神就知道都是相当训练有素的，除了眼神以外，其他特征都是平常得不能再平常的人了。而和这些人对峙的，也是七八个人，应该是刘队长这边的，分别站立在一个沙发的两边，从侧面牢牢地盯着楼梯口的人。沙发上坐了一个面颊消瘦的中年男人，有一个非常明显的鹰钩鼻，而那个我见过的麦子也是一脸杀气地站在这个鹰钩鼻的边上。

刘队长和山猫带着我进屋，大家都齐刷刷地向我望过来，特别是那个坐着的鹰钩鼻，眼睛望过来的时候，居然如同抛过来两把利刃，让人不由得颤抖了一下。

刘队长把我拉着，站到了一边，山猫则走过去向那个鹰钩鼻示意了一下。

鹰钩鼻微微点了点头，抬起头看着二楼，声音尖锐但是清晰地喊道："刘总长，你特别关注的人来了，你不出来看看吗？"

话音在大厅中撞来撞去，好像整个房间只有这个鹰钩鼻一个人在说话似的，甚至感觉到了回音。这阵声音落下去，二楼一个本来虚掩着的房门打开了，一个看上去五十多岁，精神矍铄、头发两鬓发白的老头推门从屋里慢慢走了出来。一出门就爽朗地笑了两声，说："哦！老鹰同志！带了什么稀奇的东西，一定要给我看啊？刚才我一直很忙，也没有来得及好好招呼你们。真是抱歉啊！"

原来这个鹰钩鼻的男人就是老鹰！

老鹰站了起来，也笑了起来，倒也是豪放得很，说："不要紧，不要紧，没有影响到刘总长的工作吧。"

那个老头可能就是刘国栋，我虽然是第一次见面，但是觉得眼熟，好像什么时候见过这个人。

刘总长从楼梯上背着手稳稳地走下来，边走边说："哈哈，工作嘛，忙不完的。只是你老鹰一来，刚巧所有的电话啊什么的都中断了，要不怎么也得叫点吃的喝的来款待大家。"

老鹰迎着刘总长走了过去，说："不用了，不用了，我们都是些粗人，辛苦惯了。"

刘总长走着，楼梯口的人也哗地分开了。刘总长笑了笑，径直走到老鹰刚才坐的那张沙发对面不远处的沙发前一屁股坐下，说：“唉，那实在不好意思啊，手头还有些事情没处理完，让你们等了那么长时间。哦，大家，你，叫麦子吧，都坐下，都坐下。”刘总长边说边比画着，扭过头去对楼梯口那帮人说：“哎，你们，也别傻站着，倒茶，倒茶。”

这话语换在平时，都是些正常的客套话，可是在这个场合里，倒觉得古怪得很，句句话都是杀气腾腾的。老鹰这边没有人坐下，刘国栋那边的一个人倒是应了一声，转身绕到大厅一角去了，而其他人则走了过来，围站在刘国栋的身边。很明显，两边的人都是带着枪的。

老鹰沉沉地笑了笑，说：“刘总长，别客气了。我这个下级来向上级汇报一下工作，也想得到刘总长的一些指点啊。”

刘总长连忙摆手道：“不敢，不敢，你们还需要向我汇报什么？中国之大，哪样事情不都是在老鹰你们的掌握中？我这边还能谈什么指点。对了，老鹰，老虎怎么没有来啊？”

老鹰说：“他有点事，改天再来。”

刘总长说：“老虎也是够忙的，想当初你们还都是我一个个发掘出来的，现在你们也都翅膀硬了，甚是欣慰啊！”

老鹰呵呵笑了两声，说：“您十几年前去当了副总长，我们都难过得很呢。”

刘总长说：“过去的事了，不提了，不提了。老鹰啊，你们给我带谁来了，还是我特别关注的？”

老鹰向刘队长这边望了过来，刘队长赶忙拉着我走了过去，一下子把我按在老鹰旁边的沙发上面。我真是全身都像扎满针一样难受，屁股底下如同垫了个火盆，真想跳起来跑掉，远远地避开这群人。但是现在，刘队长的一只手压着我的肩膀，我根本不知道我又能够做什么，只能满身疙瘩地坐在那里难受，心中不断地咒骂这些人真他妈的讨厌死了，早知道这个局面，我是打死也不来这里的。

刘总长惊讶道："哦，这个小朋友是？"

老鹰说："他叫张清风，你不认识吗？"

刘总长说："我记性不好，年纪大了，见的人也多了，还真想不起来了。"

老鹰说："哎呀，您老真是贵人多忘事啊，您天天安排您直辖的精密情报科的干员盯着的人，您怎么能忘记呢？"

刘总长说："老鹰啊，你别故意将我的军。我知道你们有手段有方法，我做了这么多年情报工作了，知道有些事情也瞒不过你们，但是你该知道我这边的纪律是什么。"

老鹰笑了笑，说："刘总长，当然记得，事关国家重大机密，任何人不得妄言，直到进入坟墓。不过呢，刘总长，万一您不是为了国家而去盯着这个同学的呢？"

刘总长说："好！老鹰！说得很好，那你说说，我为什么要派人盯着这个叫张清风的？"

老鹰脸色突然一变，说："上面说了，涉及深井组织的，一律严查到底！抓住一个就是一个！有可能就不能放过，无论任何人！刘总长，你盯这个张清风已经很久了！你是要我告诉你张清风是谁吗？"

刘总长倒没有任何不高兴的样子，哈哈笑了起来，说：“有趣！有趣！有趣！这倒让我想起来，我好像有一天曾经被洗脑的事情来了。全中国能对我进行洗脑的，只有你们吧！我说，C2 同志，对我提那个虚无缥缈的深井组织有什么意义？”

老鹰看着刘总长，不知道为什么，也哈哈笑了起来。

三　一潭深水

老鹰笑了半天，还没有停止的意思，刘总长倒有些莫名其妙起来，哼了一声：“哦？有什么好笑的地方，说来听听？”

老鹰止住笑声，但还是似乎忍俊不禁地说道：“我们？对您洗脑？ NO、NO、NO，刘总长把我们想得太高了。”

刘总长脸上阴晴不定，干笑了两声，说：“料你也不会承认。”

老鹰总算止住了笑容，冷冷地说：“刘总长，实话告诉你，我们这边也有几个人被洗脑了。”

刘总长“哦”了一声，说：“感情你认为我也有瑜伽装置？”

老鹰说：“刘总长，以你现在的身份，是没有，但是如果你换一个身份，可能就有了。”

刘总长哼了一声，说：“我还能换一个身份？呵呵，我这辈子身份多了，你说的是哪个？”

老鹰说：“深井！”

刘总长说：“深井？这真是一个古怪的名词，我从来就没有听说过。哪个国家的？”

老鹰也不接话，自顾自地说：“自从我们调查的“5·27”校园凶杀案发生，你养的鼹鼠张向阳参与进来以后，我们就发现有精密情报科的探员在学校里出没，而且也确认了这些探员主要的跟踪对象就是张清风。”老鹰说着伸出手把我一拍，继续说道：“而且根据我们的调查，你对张向阳做了我们明令制止的蛊催眠，不知道为什么，有一天我们几个队员都集体失忆了，有一个还出车祸不明不白地死了，验尸结果是枪杀在先。亲爱的刘总长，你应该给个解释吧。”

刘总长听完呵呵了两声，说：“老鹰！要不是我刘国栋也是江湖中翻滚了几十年，还真能被你把这个屎盆子盖在我头上。我这边一个探员也是不明不白地失踪了，现在连尸体都找不到！现在你倒先怀疑起我来了？而且，我知道我的记忆也被更改了，有一天的记忆很不对劲！”

老鹰有点惊讶地“哦”了一声，飞快地思索了一下，说：“是吗？”

刘总长有点恼火地说：“什么是不是吗，我告诉你，我现在怀疑就是你们 C 大队干的。”

老鹰说：“刘总长，当着你的部下直接说C大队，有点挑衅吧。”

刘总长哼道：“挑衅？不知道谁在挑衅。你们明知道张向阳是我埋在东南亚的鼹鼠，你们连个招呼都不打，就把他做瑜伽了，结果发疯了，打狗也要看看主人吧。”

老鹰说：“哦？你这个鼹鼠也够好色的。”

刘总长面色微红，口气也越发严厉起来，说：“还有，你们这一大帮子人，把我这里围个水泄不通，还做了信息隔断。真不知道是谁在挑衅呢！C2，我告诉你，这事还真就是没完没了了，以前一个小小的神秘调查局，现在真是厉害啊！到处骑人脖子上拉屎放屁啊！忍了你们很久了！”

老鹰若无其事地说：“刘总长，你可是 C 大队的创始人之一啊，你这样说不是折了自己的威风？噢，我知道了，你现在在后悔当初不该犯错误，让 C 大队扫地出门吧。”

刘总长脸上腾地跃出一股浓浓的杀气，先前看着还像个满腹经纶的学者，现在已经眼神犀利得如同一个立即要掏出屠刀的屠夫了，冷冷地说：“怎么，老鹰，要动武是不是？”

哗啦一声，刘总长身边站着的几个人已经飞快地掏出了手枪，都指在老鹰的身上。老鹰这边的人几乎也是同时，把枪掏了出来，指在刘总长的身上。

整个大厅又一次安静了下来，几乎只能听到大家的心跳声。

半晌，老鹰慢慢地说：“刘总长，您也别生气，我只是来找答案的，不是来打仗的。”转过头对麦子他们低声说：“收起来。”麦子哼了一声，把枪收入身后。

刘总长压了压手，这边的探员也把枪慢慢地收到了身后。

老鹰说：“别生气，别着急。大家不都是想把事情弄清楚吗？”

刘总长哼了一声，也不接话。

老鹰说：“我只要刘总长告诉我，你为什么在不向上级请示的情况下，管我们C大队盯着的事情？”

刘总长说：“老鹰，我不知道你是不是故意装糊涂，只要A大队没有正式给B大队下文，我就有平行调查的权力。”

老鹰呵呵干笑两声，说：“没错！刘总长说得一点都没有错，今天我要是不来，看来谁都说不过你刘总长的。可惜，你该知道今年年初那份十二人签字的最高文件吧。”

刘总长脸色微微一变，缓缓地说：“记得。怎么，和这件事又有什么关系？”

老鹰身子微微向前一探，看着刘总长，用手摸了摸下巴，一字一句地说：“文件是不是说了，有些事情绝对不允许非ABC体系的人调查，违者一律严办。这，还不够吗？”

刘总长额头似乎微微冒汗，口气也软了三分，说：“张清风和这件事有关？”

老鹰说：“你说呢？你以为我说的深井组织是什么？刘总长啊刘总长，你怎么越老越糊涂？我刚开始都已经扯开嗓子说白话了，你非要我点破为止。”

刘总长面色一沉，也不说话，只是眉头皱了几皱，似乎在考虑什么问题，一会儿工夫眉头一展，神情一松，鼻子中轻轻喘了一气，人也松弛下来，往沙发上一靠，悠悠地说：“好吧。你怀疑我是深井，又有什么证据？我洗耳恭听。”

老鹰把我一拍，说：“刘总长，此人你见过吗？”

刘总长说：“见过照片，今天是第一次见到真人。”

老鹰说：“你知道他有什么能力吗？”

刘总长说：“肌肤形体改变。”

老鹰说：“就这个？这不是你最关心的吧。”

刘总长哼了一声，说：“性魅力传播。”

老鹰说：“那你以为张清风是什么人？”

刘总长说：“我就是想看看，这小子是怎么让人突然具有独特的性魅力的。这又如何？”

老鹰摇摇头，说：“非也，非也，这不是你的目的。”

刘总长“切”了一声，说：“好，那你说说，我是什么目的？”

老鹰笑了笑，说：“根据我们的调查，你从1990年起，就利用手中的职务之便，在亚洲范围内收集某些东西，并销毁一些重要的证据。这些东西，不是别的，就是民间俗称的太岁。某省有个上党村叫李权的一家六口暴毙，就是你看中了他们家的一个太岁干的好事。你现在的太岁藏品，估计已经有上千个了吧。而且，你个个都要亲自尝上一尝，大部分毫无作用。直到去年年底，你不知道用什么手段，弄到了我们调查的人体肌肤形体改变的第二个病患的一小部分肌体，你食用之后不仅似乎年轻了几岁，性能力也大幅提高，只是没有维持多久。当时十二人文件还没有下来，我们尽管知道你吃了人肉，也是对你不敢发作。以后的日子里，我们对目标加强了保护，你才没有再次得逞。而你最近从张向阳的催眠中，了解到张清风也具有这种能力，而且刘婉婷只是通过性交就魅力增强，你当然不愿意放弃这个绝好的猎物，因为在你的眼中，张清风才是真正的太岁，只要吃了张清风，你就可能长生不老。这些事情，也还是我们最近才调查出来的。”

我听得瞠目结舌，这个看起来道貌岸然的刘总长居然是要吃人的。刘总长怒骂一声：“胡说八道！你有什么证据！编故事我也会！”

老鹰淡淡地说：“不着急，听我说完。我们开始也觉得奇怪，刘总长你收集这些古怪玩意儿有什么用呢？最后我们终于知道，你刘总长不是一般人，你一定在执行什么任务或者知道什么我们都不知道的事情。因为深井组织和太岁也有着莫大的关联！在十二人文件签发后，我们明确了潜水者事件也就是深井组织，所以才会将注意力集中在你身上。趁着你正沉醉于发现张清风这个唐僧肉的喜悦中，我们发现并抄了你的太岁仓库，证明了中国最近二十年来太岁凶杀奇案就是你所为，这才赶紧过来把你控制住。刘总长，你还有什么可说的？”

刘总长慢慢地笑了起来，越来越大声，最后狂笑不已，又猛地停下来，一张脸如同凝固了一般，冰冷冷地说："这就证明我是深井，或者和深井有关？你既然知道了这么多，我劝你不要继续说下去了。而且，这事我们可以一直闹到 A1 那里去！你想把我刘国栋带走，除非让我横着出去。"话音刚落，刘总长这边的人心领神会地哗啦啦把枪又掏了出来。

老鹰这边的人也哗啦啦掏出枪来，两边顿时僵持了起来，看两边的神态，估计只要有谁稍微一动，枪战是无法避免的了。

我无处可躲，这种场面既熟悉又陌生，好像我曾经经历过似的。连对峙的样子都是如此的熟悉。

刘总长冰冷冷地说："老鹰，告诉你，这潭子水远远比你想的要深。我以前也当过 C3，有些东西都是他们告诉我们的，你能查出来那可真是好笑呢。"

老鹰稳坐泰山一般，动也不动，说："你知道他们又怎么样，你敢说出来吗？"

刘总长不再说话，他和老鹰两个人都这样牢牢地坐在沙发上，好像丝毫都没有看到各有十几把枪指着自己的脑门，只是都冷冷地对视着。

一片如同冰一样的沉默。

短暂的沉默之后，门口突然有个女人清脆地喊了一声："都把枪放下！"

这个声音似乎有种什么魔力，刚传到我耳朵里，老鹰这边的人已经都乖乖地把手垂了下来，连老鹰也一下子眉头松开，连忙站了起来，目光恭敬地向门口递了过去。

那女子也清脆地喊道：“刘总长！”刘总长长长地喘了一口气，手一压，他这边的人也都把枪收了起来。

这女子缓步走了进来，我也从紧张中恢复过来，抬头一看。这女子穿着非常合体的套装，手背在身后，胸部高耸挺拔，头发随意地盘了一盘，扎在脑后，几缕刘海垂在额前耳边，而且看上去如同仙女下凡一般，美艳得让人几乎窒息，不敢相信人间居然还有这样的女子，她脸上毫无杂质，目光也是清纯干净，好像年龄只有十七八岁一样。

这女子缓步走来，微微看了我一眼，就让我脸上发红，不敢再看她的眼睛。因为她清纯干净的目光中，仿佛照出了我心中的“邪念”，自然让我无地自容。

这女子站定，也不说话，只是看着门口，随即稳重的脚步声就噔噔传来。

三个人相继而入。

四 内部会议

这三人一进来，刘总长就坐不住了，立即啪地站了起来，眼神中充满了恭敬之意。

这三人缓步入内，打头的一人微微发福，五十多岁的样子，头发梳得光可照人，穿着一件灰色的笔挺夹克，眼神平和，不过却有一种强烈的权力感。此人身份绝对不简单。

紧跟在后面的二人，一个人穿着寻常的便装，留着板寸，面颊消瘦，尽管看着也是五十岁左右，但是那身板已经告诉大家此人硬朗得很。再后面一人，穿着规规矩矩的西服，头发也是梳成标准的四六分，戴个眼镜，手夹一个公文包，一看就是秘书之类的角色。

大家的目光这时都停留在第一个人身上。

这个人也不理会大家，走到大家身前不远才停下来，扫了四周一眼，和气地笑了笑，说："这么热闹啊！你们在干什么呢？"

刘总长连忙上前，点头示意，并请这个人去坐他刚才坐的沙发，那是主位，并说："王副，噢，王总，请坐，请坐。"此人看了刘总长一眼，说："再提醒一次，这种场合只能叫我王总。"刘总长立即点头称是，说："下次一定注意。"

此人也不客气地往沙发上一坐，挥了挥手，说："大家都坐、都坐。"

老鹰向那个留着板寸的人做了一个古怪的敬礼，手心向下，手臂横在胸前敬礼。也请这个板寸坐下，一把把我也拉起来，塞给后面的刘队长。

那个坐在沙发上的王总说："挤挤嘛，这样亲热些。"

板寸和刘总长点头称是，其实沙发还有三张，每张上都能坐下三个人，最后弄来弄去，刘总长和那个秘书打扮的人坐了一个沙发。板寸和那美若天仙的女子坐了一个，老鹰自己坐了一个，其他人还都是老老实实地站着。

刘国栋手下的人已经忙不迭地又送来了新茶，专门为这个王总单独用一个漂亮的瓷杯沏了一杯。

坐在王总旁边的秘书，把磁杯拿起，掀开盖子看了看，手上微微动了动，才将这个瓷杯放在王总旁边的小桌上。王总一直没有看这个秘书，等秘书把瓷杯放下，才自然地拿了起来，微微揭开一点盖子闻了闻，说："寒夜尖，国栋啊！你这一杯怎么也要几千块啊。"

刘国栋连忙说："王总，专门留给您的，我品不好这个。"

王总点头笑了笑，说："算你有心。那我就也腐败一下吧。"

说罢，慢慢地品了一口，笑道：“寒夜里来探茶尖，万苗其中得一支，果然是极品。”

刘国栋脸上笑得开花了一般，微微瞟了一眼老鹰，已是偷着得意。

王总又品了两口，才把瓷杯放下，说道：“可惜这里火药味太过浓郁，少了那种清淡的意境，不妥，不妥啊。国栋啊，这里你是主人，倒是说说在闹什么呢？”

刘国栋顿时一脸苦大仇深的样子，悻悻道：“王总，老鹰他们怀疑我是什么深井，连个招呼都没有打，上来就要动武。幸好您来了，要不可不知道他们能干出什么蠢事来。”这个刘国栋说话处处都是说 C 大队不好，还把这个王总先推到一个“幸好”的位置上，连我这个学生都觉得这个刘国栋说话算是高超得很。

王总对那个板寸和女子说：“B1、B3，是你们安排的吗？”

那板寸估计就是 B1，沉声回答道：“是我们安排的，如果查明刘总长不是深井或关联人员，我自然会亲自上门赔礼道歉。”

那女子应该就是 B3，她盈盈说道：“近日里，确实出了不少事情，我们也是不怕一万就怕万一，C2 也许做得粗糙了些，惹得刘总长生气了。”

刘国栋哼了一声，说道：“岂止是粗糙些，枪都指到我脑门上来了。”

王总呵呵笑了两声，摇了摇头，把小桌上的瓷杯又端了起来，掀开盖子抿了两口，说道：“大水冲了龙王庙啊。今天怪不得总觉得不对劲，一来果然如此，你们这样办事，叫我怎么放心？”

老鹰等王总话音一落，就说道：“王总，我们已经掌握到确切的证据，只是刘国栋仗着他的身份，不仅不配合调查，还要先动武。”

B1 骂道：“放肆！轮到你说话了吗？”

王总压了压手，说：“心情可以理解，办事还是要讲程序的！刘总长毕竟是情报总长嘛，再怎么有问题，面子还是要给的。万一真的冤枉了别人，那以后还怎么合作啊，不是变成仇人相见，分外眼红了？”

B3盈盈地说：“王总，他们也说了，潜水者事件背后的那个组织，已经几乎无孔不入了，如果这个组织发力，那我们国家岂不是糟糕了，而且，一个稍不留神，证据就会消失的，所以我们才临时擅自做主，先把刘总长控制住再说后话。”

王总“嗯”了一声，用手敲了敲沙发扶手，眉头略略一皱，说：“B3，你说得有道理。只是他们说的话是真是假还有待商榷，真的如此严重了吗？不过你们 B 大队、C 大队既然都这么确定，今天我也在这里主持一下，把该说的都说出来，要摆的也摆明白，我再做个决定。”

B3 应了一声是。

王总环视了大家一眼，对身边的那个秘书打扮的人吩咐道：“陈秘书，把人清一下。”

陈秘书点头称是，起身向刘总长、B1、B3 他们招呼了几下，包括刘队长、麦子、山猫全部离开现场，只留了王总、陈秘书、B1、B3、老鹰、刘总长几个坐在屋里。

陈秘书在门口吩咐道：“所有人在门口原地待命，任何一个人不得靠近房屋五米以内，也不能擅自离开这个院子。麦子，你负责维护。”说完就把门一关，再也看不到和听不到门内的影像、声音了。

这里果然是一个独门独院的地方，院子挺大，种植的都是些低矮的草木，小桥流水，却也是别致。只是现在天色已晚，看不太清楚四周的景色。麦子带着大家退到大门的五米开外，当然也不忘招呼那些刘国栋的人也退开。然后叫上山猫两个人来回地巡视起来。

刘队长和我站在一起，也是不知该如何是好，各怀心思都在发呆。

我过了一会儿，低声问刘队长："王总是谁？"

刘队长说："最高级别中的一个。怎么，你在电视上没见过？"

我小声说："最近几年都不太看电视的。"

刘队长"嗯"了一声，低声说："今天让你开眼了，我都很少看到 B1、B3 和 A 级别的人一起出现。"

我说："是在抓深井的人吗？怎么不是……"

我的意思是想说，不是有土大夫在执行什么缆绳行动抓深井吗，怎么变成这么多人了？

刘队长低声打断了我的话，说："这是体系外的，我们是体系内的。"

我想到上次和刘队长说话都是用笔写的，连忙把手伸出来，用手指在手上比画着。

刘队长说："不要紧，这里都做了信息隔断了，任何信息都发不出去的，可以说话。"

我松了口气，我不知道什么时候开始，这么留意这些可能会泄露身份的细节了，可能是因为我要保密的东西实在太多，不由得就这样了吧。

我问道："B 大队是什么意思啊？"

刘队长说："就是 C 大队的管理部门，直属于 A 大队的。他们的权力比我们更大，全中国的人除了 A 大队的十二个人和一些刘国栋这样的人，他们都有生杀赦免权。"

我叹了句："这么厉害？"

刘队长说："是啊，不过 B 大队做事都非常低调，不像 C 大队还有好多辫子可以抓的。而且 B 大队人也很少，只有四十多个，算是万中选一了，对 A 大队和国家绝对忠诚。"

我说："土大夫就是 B37 吧。"

刘队长说："是的，不过 B 大队级别区分不是很大，各管一摊的事情。不像我们，麦子就是我的组长，我是不能越过他和 C2 汇报什么的。"

我说："那土大夫和你？"

刘队长说："这是完全不同的，参加这个缆绳行动的，只有我们三个。"

我惊讶道："不会吧，就我们三个？"

刘队长说："怎么不会，就我们三个人。所以我说这么多给你听，呵呵，让你知道些来龙去脉，你心里也有个数，这也是土大夫吩咐我的，我才不愿意告诉你呢，太危险了。"

我说："土大夫这么信任我吗？"

刘队长说："信任一个绝对不是深井的人总比其他人要好些。"

我说："那刘队长你怎么加入进来的呢？"

刘队长拍了拍我，说："那可就说来话长了。"

五　命运总是玩弄人

我看着刘队长，以为刘队长要讲讲这个故事，但是看到刘队长的目光却投向了老鹰他们所在的别墅上，似乎心思重重地轻轻喘了一口气，回头看到我正在看着他，淡淡地说：“以后再告诉你吧，这并不是很有趣的故事。”

刘队长这样说话，显得饱经沧桑一般，他的故事也许是他不愿意回想和讲述的。

刘队长这个人很奇怪，第一次接触到他的时候，觉得他是个严肃死板不苟言笑甚至有些阴险的人，而后来熟悉了一些，又觉得他是个开朗活跃爱开点小玩笑的大男孩，但是现在却又觉得他很感性成熟起来，而且，我也看得出来，刘队长看着这栋别墅的时候，流露出了淡淡的伤感。

我见他不愿意说，也不愿意追问下去，倒是一下子也不知道再说什么，两个人就沉默了半天。刘队长目光忧悒，明显是在想什么心事。

半晌之后，刘队长才说："张清风，你觉得我们是坏人吗？"

我说："我是不太喜欢你们，只是我也说不出来你们是不是坏人。"

刘队长说："你觉得我当你是什么呢？"

我愣了一下，怎么刘队长会突然问到这个，一下子也不知道怎么回答，说："我不太清楚。"

刘队长笑了笑，说："有的时候，当你是个小孩子。有的时候，又愿意把你当成战友来看待。但大部分时间，又很怕你。"

我惊讶道："怕我？"

刘队长说："其实也不是怕你，而是怕你背后那让人无法猜测的命运。"

我微微皱眉，说："我的命运？"

刘队长说："是的，你的命运是一个旋涡，可能会把更多人卷入无法挽回的境地。而你的命运的制造者，想象起来就让人不寒而栗。是什么样的人，把你变成这样，却又无所谓似的撒手不管。难道，我们所做的一切都早在他们的掌握中？无论我们怎么反抗和挣扎都没有用，都是他们计算好了，计划好了的？"

我听刘队长说完，身上也是阵阵地发凉，我从来没有想这么深，但是我也并不傻，刘队长说出来，就好像一下子把我身边的一切打破，把我拖入了无底深渊似的。这种感觉，比死更可怕。我的世界观也许还过于单纯幼稚，远远没有刘队长这么深刻，所以我无法想到刘队长所说的一切。

一股寒意从头到脚笼罩了我，我颤颤地说：“无论怎么反抗和挣扎都是在计算之内的？那、那我们这样做又有什么意义？”

刘队长说：“我们天天都在做没有意义的事情，再多做一些，哪怕只要有一丝希望存在，就不要太在乎结果吧。这些问题，不能想太多，会绝望的。”

刘队长笑了笑，又轻轻拍了我一下。

我突然觉得，刘队长也很可怜，甚至比我更可怜。至少他已经明白了什么，而我至今还一切都迷迷糊糊。也许很久很久以前，刘队长和我一般年纪的时候，是个充满正义感阳光般健康的大男孩，只是当他越来越走近真相和超出想象的事情以后，他也不得不改变了。我记得刘队长曾经说过，我是棋子，他也是棋子，也就是说我们在这个世界巨大的棋盘上，随时会被抛弃，随时会走向自己不愿意行走的方向。

我发了一会儿愣，慢慢低下头来，盯着自己的脚，到底我又该怎么做呢？

我脑筋正绕不开，刘队长突然拍了拍我，说：“出来了！”立即拉着我向门口走去。门口所有人都顿时抖擞了精神，眼睛一眨不眨地看着已经打开的门。

首先出来的是陈秘书，他在门口向外观望了一下，闪到门外的一侧。

随后，那个美若天仙的B3走了出来，紧接着是王总，跟着王总的是刘国栋，低着头脚步沉重，再后面是B1和老鹰。

王总也是表情沉重，一直走在前面，陈秘书在前面带路，一行人走过我们身边，所有人此时大气都不敢出。

王总走着，突然向我望来，吓得我一哆嗦，立即低下了头。王总也没有停留，径直走向了一辆轿车。陈秘书上前拉开车门，护守王总上车后，转身对紧跟着的刘国栋、B1、老鹰说：“你们跟着吧，刘总长，委屈你了。”

刘总长毫无神采地“嗯”了一声，回头看了一眼站在旁边不远的他的直属的探员们，也不说话。B3 已经赶上一步，笑盈盈对刘国栋说：“这边请。”几个人也走向一辆车。

老鹰没有跟着，而是目送王总的车、B1 和 B3 的车以及另外两辆车一共四辆车启动开出院外后，才走到麦子身边，低声耳语了几句，说完居然也看了我一眼，那眼神让我又是心中一寒，到底怎么了？我感觉相当的糟糕。

老鹰说完，径直走向一辆车，几个人跟了上去，又是两辆车快速地启动，驶出院外。

麦子目送老鹰的车开走，面无表情地向我和刘队长走来，我明显地感觉到，刘队长有些颤抖。

麦子走近我的身边，斜着眼看着我，说：“张清风，不好意思，你还不能回去。”

我说：“为什么？”

麦子也不回答，只是转过头深深看了刘队长一眼，说：“大狗，你该知道怎么办。”刘队长身子越发地颤抖起来，说：“麦子，我不明白，我……”

麦子摇了摇手，说：“你又不是第一次！”转身就走了，开始招呼剩下的人离场。

刘队长站在原地如同木头人一样动也不动，直到麦子他们分散开走向自己的车。刘队长才如同大梦初醒一般，一把把我拉住，特别特别的使劲，拉着我向我们来的时候坐的那辆车走去。

我觉得刘队长很反常，心中有些慌乱，手上有些挣扎，说："刘队长，去哪里？"

刘队长也不说话，把车门打开把我往后座一塞，坐在我的身边。

我还正想说话，前门左右两边门也打开了，钻进来两个我不认识的人，但是应该是刘队长的同事，C大队的。他们拉门进来，都向刘队长轻轻地点头示意了一下。

车子发动起来，排在最后一个开出了院外，并没有跟着其他车向左转，而是单独向右转过去，也就是向城市更北的地方驶去。这不仅和我的学校背道而驰，而且去的方向将是郊区。

我越发觉得不安起来，一种恐惧感迅速袭来，不禁尖声地嚷道："这是要去哪里？"

谁都没有回答我，车子飞速向前方浓浓的黑暗中驶去。

我拉了把刘队长，说："刘队长，我们去哪里？你怎么不说话啊。"

刘队长粗暴地把我的手甩开，低低地说："你给我老实坐着。"

这种情形简直把我吓得有点想哭出来，我知道肯定不会是什么好事，难道我要被他们关起来？永远见不到我的父母、亲人了？

我大声地嚷了起来："求你们让我下车，我想回学校，我想回家！"说到后面，已经带着一丝哭腔。

还是没有人理我，我继续哭喊着："我做错什么了，这是要去哪里啊！求求你们，不要这样！"

刘队长身子有一丝丝的颤抖，双拳紧紧地握着，放在腿上，不住地颤抖着。

我翻身把刘队长小臂一抓，喊道：“刘队长，求求你告诉我，我们要去哪里。求求你了，求求你。”说到这里，我再也控制不住，大哭起来，我从小老实本分，从来没有接触到这些事情，知道我的下场一定不好，这种不知道自己的未来将是如何的恐惧，让我无法忍受地大哭起来。

刘队长突然爆吼一声：“哭什么哭！”这一吼倒是吓了大家一跳，我顿时止住哭声，看刘队长还是没有看我，只是两眼通红地直直盯着前面。

我猛地一下向车门扑去，拼命拉车门把手，但是毫无用处，这车门已经锁死了。前面的一个我不认识的人说道：“大狗，控制住他一下，马上就到了。”

刘队长也没有说话，只是扑上来牢牢把我按住，也不知道刘队长用了什么手法，我的手被拧到后面，根本动都不能动了。

开车的那个人嘲笑似的笑了笑，说：“哦，他还挺聪明的，预感到自己要死了。”

我大喊着：“放开我。”这时这句话传到我耳中，我全身一阵颤抖，眼泪又不争气地夺眶而出，难道，他们要杀了我？我就这样不明不白地死了，而又是为什么！

刘队长紧紧地控制住我，低声在我耳边说道：“没关系，很快，没有痛苦的。”

我狂喊着：“不！——”

这辆漆黑的车，行使在漆黑的路上，已经连车大灯都关闭了。整个世界已经一片黑暗。

六 坚定的忠诚者

我疯狂地喊着不，但是刘队长还是把我控制得死死的。我知道这样没有用，死亡的恐惧已经笼罩了我整个身体，我的潜意识在怒吼着：“我不要死！”身体也开始下意识地挣扎起来。

我猛地一扭头，咔嚓一下，整个脑袋旋转了一百八十度，这把刘队长也吓了一大跳。我并没有觉得有什么不对的地方，喊道：“我不要死！”同时身体也更古怪地扭动了起来。

我的胳膊啪地一下，不可能地反转了九十度，使得我一下子摆脱了刘队长的控制，但是刘队长的手并没有松开。我的手臂开始变长，随着我身体的扭动，两个胳膊都已经弯曲了七八下，这让刘队长尽管抓着我，但是再也使不出力气来。

我歇斯底里地喊叫着，挣扎着，脖子也跟着变长了，抬高到车座椅这么高。

刘队长惊恐地喊了起来："帮帮忙！变形了！"

副驾驶已经注意到了后排的情况，腾地从座椅上方趴下来，一手抓着我的头发拼命往下按，一手则使劲地压住我的肩膀，让我不要翻转过来。

我像个野兽一样嗷嗷地号叫着，全身都如同蛇一样扭动和伸展开了，刘队长和前面的人已经根本不可能控制住我。司机也喊叫着："快打针！快！"说着已经被我变形的脚猛地踹了一下，车也摇摆了起来。前排的人吼着："停下来，帮一把！针在我腰带上。"

车一个急停，原地打了个转，停下来，司机冲过来企图按住我，并吼道："螳螂，你来打针！"

那个叫螳螂的腾出一只手，从腰上摸出来一个管状物，不由分说一下插到我高高升起的脖子上，注入了一段液体。很快，从我脖子处有股能量迅速地发散开，涌遍了我的全身，我身子发软，眼前也是模糊一片，我还想喊叫，但是已经喊不出来了。随即，我头一歪，昏死了过去。

等我再次睁开眼睛的时候，我如同一摊烂泥一样被丢在地上，我全身都不能动，使了使劲，也只有手指能够动一下，而且现在的我头搁在后腰上，双手则缠绕在身体两侧，已经不是人类的形状了。

我想喊一下，只发出轻微的嘶嘶的声音。

一个人走了过来，低声嚷道："又开始动了。加把劲！再动起来就糟糕了！"

我努力地喊出声来，最后仍然只是一字一字地蹦了出来：“别……杀……我，我……不……想……死……”

眼睛的视力也慢慢恢复了一些，我能看到我现在正躺在一个小山沟中，两边都是斜坡，中间还算是平坦。车就停在不远处，走近我的这个人就是那个螳螂，刘队长和司机则在旁边挖着坑。

司机沉沉地嚷道：“先给他几枪！”

我还没有挤出“不”字，螳螂已经掏出手枪，无声无息地砰砰向我开了好几枪，一枪从我脑袋顶部射入，从我下巴处钻出来，又打在我身上。我并不觉得疼，只是脑袋上挨的这枪短暂地让我眼前一阵发黑，脑袋里如同触电一般电闪雷鸣了一番，我并没有死掉，子弹穿过我的脑袋时，一下子涌出了一大片小时候的记忆。

我知道我还没有死，但是他们这样对待我，我真的比死了还难受，我仍然丝毫也动弹不得，只是两行眼泪奔涌而出。

螳螂嚷道：“居然还能动。”说罢就又要开枪。

刘队长此时正呆呆看着我这里，见螳螂又要开枪，突然吼道：“我们还是不是人！”螳螂有些惊讶，回头道：“大狗，吓我一跳！你说这摊烂肉算是人吗？”

刘队长声音似乎哽咽起来：“马上就能销毁了，你不要再折磨他了。”螳螂冷笑了两声，说：“大狗，你又心软了？出了问题你负责？”话音刚落，又是向我砰砰砰连放三枪，两枪打中我的脑袋，都从脑袋里穿了过去又打中身体，子弹也停留在身体里面，一枪打中了我的脖子，又从我身体里穿了过去，射入地面。每次子弹穿过我的脑袋的时候，都能浮现出一大段往事的记忆，而且都是特别美好的。

这打中我脖子的一枪，居然让我嗓子眼的气息一活，我听到刘队长喊道：“螳螂，你住手！出事了我负责！”

我于是也说出声来：“刘队，救救我，求、求、你。”

螳螂叫道：“还能说话！”说罢又要开枪。

刘队长一下冲了过来，把螳螂推倒在地，拿出枪指着螳螂的脑袋，狠狠地说：“我说了，不要再折磨他！”

司机跑过来，把刘队长拉到一边，说：“大狗，你疯了。你现在说的已经被听到了！你这个处分是少不了的！”

刘队长喊道：“老子是活腻味了，张清风你做鬼都不要放过我！”说着向我看来，我看得出来，刘队长眼中满是眼泪。

我边流着眼泪边说：“刘队，谢谢你，我不想、死啊，不想、死啊。”

刘队长走到我身边，蹲下身子把我的头扶正，两行眼泪已经流了下来，说道：“对不起，我也不知道会这样，我不是故意的。原谅我。”

司机说道：“大狗，你别这么冲动，你这样感情用事是永远也得不到晋升的。”转头对螳螂说：“螳螂，你来帮一下，应该没问题的。”螳螂悻悻地走了过去，边走边骂：“还想打死我不成？”

刘队长跪在我面前，把头低着说不出一句话来，我这时已经明白我难逃一死了，看刘队长这个样子，居然心里平静了一些，慢慢说：“刘队长，我、我不、不怪你。你、你也是没办法。”

刘队长这个汉子用手把脸捂住，似乎哭了起来，然后突然把手放下，说：“我没想到这样的事情又发生在我身上。而我又无能为力。”

我叹了口气，很想把手伸出去拍一下刘队长的肩膀，但是无论如何也抬不起来。

司机把手中的器具一丢，说："弄完了。"说着就和螳螂两个人走了过来。

螳螂看刘队长还跪在我面前，没好气地说："大狗，帮帮手吧，早结束早了。"刘队长慢慢地从地上站了起来，司机说："大狗，你还是搂着腿。"说罢，司机和螳螂就把我连头带手臂和身子抬了起来，刘队长迟疑了一下，也跟他们把我的两条腿抱起来。三人就向坑那里走去。

我也知道再说什么都没有用了，心中只是惨痛不已，也只好闭目等死。

我被他们丢在坑中，这时一阵手机的震动声响了起来，司机从腰间掏出一个更像步话机一样的东西，看了一眼屏幕，立即又看了刘队长和螳螂一眼，低声说："总部的。"

刘队长眼中流露出一丝惊喜的神色，螳螂则有点诧异，司机已经把电话接了起来。

"我是大虫。"

"B37 同志！你好！"这个司机一下子显得恭敬起来，好像真有什么人来到他面前一般，人也站得笔直。刘队长听司机这样说，立即走近了司机，而我听到熟悉的 B37 的代号，一下子又有了生存下去的希望，啊啊地低声喊叫了起来。

司机的语速逐渐加快了起来。

"是，我们是在执行任务。"

"正要处理，还活着。"

“B37 同志，这个不行啊，是 B1 直接安排下来的，是 A3 的死命令。我不……”

“A1 要的人？”

“不可能啊，B37 同志，除非 B1 直接告诉我，您应该知道……”

“不是您能不能负责的问题，而是我不能听您的，把他带回去。”

“您不是为难我吗？我……”

“抱歉，抱歉，除非 B1 给我来电。”

“等二十分钟？不可能的，给我的命令是死命令，不可能这样做。”

“请原谅！请……”

似乎对方已经挂了电话。这个叫大虫的司机把步话机一样的东西拿开耳边，把机器拍了拍，一脸苦相地说：“突然挂断了？嗯？是坏了吗？没想到这么麻烦！不管了，B1 如果要改口，早就应该来电了！我们坚决执行 B1 和 C2 的命令，烧！”

最后那句话，明显是大虫在说给监听他说话的人听的。

刘队长拦了一把，急促地说：“既然是 B37 打来的，我建议还是等一下！”

大虫似乎恼火了起来，骂道：“大狗，我警告你，别在这里找麻烦，我知道这小子是你单线联系的，你是要违抗命令吗？告诉你，你再多说一句，你该知道你会受到什么处罚！”

刘队长明显地哆嗦了一下，不再吭声。

螳螂斜着眼睛瞟了一眼刘队长，闷声拎一个桶过来，哗地就往我身上倒，一股浓烈的汽油味涌了上来，看来他们是打算把我烧死。

大虫也没有闲着，也快步拎来了另一个汽油桶，哗地把汽油倒在我身上。

突然轻轻地噗了一声，大虫一下子栽倒在坑边，螳螂一转头，喊道：“大狗，你……”又是噗的一声，螳螂也翻倒在地。我看过去，大虫的脑袋已经被打了一个大洞，血汩汩地往外涌着。

刘队长木然地把枪收了起来，什么都没有说，拉住我的两个肩膀，就把我往外拖去。

我本来以为死定了，没想到刘队长居然向自己的人开枪，还打死了他们。我啊啊地叫着：“刘队，你、你……”

刘队长奋力地把我拖到坑外，身子一软，噗地一下坐在我的身边，垂着头也不说话，我喊道：“刘，刘……”只见刘队长已经把自己的枪又掏了出来，顶住了自己的头。

我喊着：“别死、别死。”

刘队长听到我的话，转过头看冲我笑了笑，说：“张清风，我只能做到这一步了。我现在不死，以后会死得更难受。”

我支吾着说：“刘队长，别、别死。”

刘队长喃喃地看着天空说：“我应该是死过的人了，被她救了回来。今天，她的眼中已经完全没有我这个人了。我受够了，我不想当一个没有感情的人，也不想天天都在噩梦中挣扎。我杀了我的战友，就是背叛了C大队，我也没有什么理由能活下去了。”他转头看着我，说：“你自己保重吧，至少我没有看到你死在我手上，来世再见。”

我喊着：“刘队，别……”但已经看到刘队长的手在慢慢地扣动着扳机。

七　两个人的对话

我无法阻止，也无力阻止，眼睁睁看着刘队长猛地一下子身子僵硬，手上的枪咣当掉在地上，然后整个人脸朝下就笔直地趴倒在地。

我愣了片刻，才意识到刘队长已经自杀死了，慢慢地从小声的哼哼到越来越大声的嘶吼：“啊！啊！不！不！不要！”

刘队长也死了。我这个样子，孤独的一个人被丢在这个荒郊野外，我该怎么办！等到天亮起来，我还是这样“盘”在地上被人发现，那会是多么残忍的事情。我脑海中猛地升起一个念头：“我也该死了！我也要自杀！”但是这个念头升腾起来以后，马上就被更强烈的活下去的欲望击得烟消云散。

我继续嘶吼着，祈求着身体能够活动起来。

一个声音从身边的山坡上传来：“别喊了！烦不烦啊！闹鬼似的！”

这一下子把我吓了个半死，怎么这里还有人在说话？而且听起来还这么熟悉？我斜着眼睛想看过去，但是因为脖子不能动，所以我一下子看不到到底是谁在山坡上说话，于是我失声喊道：“谁？”

一个人从山坡上走了下来，很快进入我的视野中，这个人手中拿着一把小小的闪着亮光的枪，穿着很寻常的衣服，似笑非笑地看着我——不是别人，正是谢文。

我不知道是高兴还是诧异，只是心中一热，喊道：“谢文！谢文！”

谢文摆了摆手，嘘了一声，说：“是我，是我。小声点，你知道半夜三更号叫能传多少公里吗？来人了就糟糕了。”

我想点点头，但是动弹不得，只好动了动眼珠，表示同意，声音也小了下来，说：“谢谢你，谢谢你。我以为，死定了。”我现在说话还是并不方便，根本无法说出连续的超过四个字的句子。

谢文走到我身边，蹲下身子，先摸了摸刘队长，啧啧了两声。

我心中悲痛，说：“刘队长，他死了。”

谢文也不答话，双手一掀，就把刘队长掀了个仰面朝天，刚好刘队长脸正冲着我，我惊讶地发现，刘队长睁着眼睛，尽管一眨不眨，但是眼珠子还能微微地转动，他居然还活着！因为死人不可能有那种牢牢盯着我的眼神的。

刘队长这时满脸都是泥巴，这和刚才他迎面扑倒在地上有关系。我回想刚才的一幕，才发现第一没有听到砰的一声枪响，第二没有看到刘队长流血，第三刘队长身子动也不动地笔直倒下，不像是挨了一枪要一歪才倒下。

我惊讶道：“刘队长，你没死？”

刘队长眼睛略略晃了一下，看来他基本和我一样，全身麻痹，动也不能动了。

谢文在旁说道：“没死，只是动不了了。”

我说：“谢文，你干的？”

谢文说：“不是我干的是谁干的？我从头到尾都在这里看着你们。”说着摇了摇手中像个雷达发射器一样的枪。

我说：“不会吧，那你，怎么，不早，出来。”

谢文皱了皱眉头，说：“别说话了你，听着难受得很。先让你恢复一下你再说话吧。”

我还没有说话，谢文就已经把枪顶在了我身上，嗡嗡两声，那枪里就发射出一股暖暖的能量，迅速挤入了我的身体。我舒服极了，全身的麻痹感一下子得到了缓解，不禁轻轻地呻吟起来，同时也借着这股能量，在恢复着自己的正常状态。

大概一分钟过后，我已经恢复了人类的正常形体，双手撑住地面，不断地喘气。

谢文把枪一收，说：“真能吃啊，快把一支枪的能量吸完了才这样。你好点了吧，张清风？”

我现在已经能够活动，也能够说话了，只是如同玩命地奔跑了很久以后突然停下来的感觉，累得几乎喘不上气。我把头侧过来看着谢文，说：“谢谢了。呼呼，我好多了。正在慢慢恢复。”说完一屁股坐在地上，犹自喘着粗气，我心中高兴，我知道这一下，我算是彻底活过来了。

我全身乏力，一阵阵酸痛，特别是变形比较厉害的脖子、手臂、腰肢部分，更是胀痛得厉害。我吃力地摸了摸自己的脑袋，我记得三发子弹从我脑袋上穿过的，但是手摸到的子弹射入的地方，除了头发有点烧焦外，连疤痕都没有留下。

我心中暗暗地高兴，对谢文的感激更是无法用语言来表述，不禁向谢文投过去感激的目光。

谢文见我看他，微微一乐，说："别说什么肉麻的话啊，没事了就行。"

我还是感激地有些颤抖地说："你怎么知道我在这里？"

谢文说："我是你们的管理员，我不知道你在哪里，我怎么管理你们啊？"

我说："你怎么这么快就能找到我？这里离学校很远了。"

谢文说："没周宇上次和你去的地方远吧。还是来得及。"

我说："真不知道怎么感谢你。"

谢文笑了笑，说："别来劲啊，你先关心一下你的刘队长吧。"

谢文这么一说，我才想起刘队长还没有死，刚才一直沉浸在自己恢复身体和谢文来了的喜悦中，真是忘了。

我连忙挪到刘队长身边，看着刘队长说："刘队长，能说话吗？"

刘队长眼珠子略略动了动，那眼神我知道他现在很清醒，也能听到我说话，但是就是动不了。

我看了看谢文，对谢文说："他怎么了？"

谢文说："刚才中了我一枪，现在动不了，其他一切都好。"

我说："那他都听见我们刚才说的了？"

谢文点点头，说："是啊。现在，咱们还是和他谈一谈吧。"

我正纳闷，刘队长现在这个样子怎么和他谈一谈呢？谢文把枪转过来，用背面对着刘队长的脖子，刺地注入了什么东西。

刘队长脸上的肌肉开始慢慢地能够微微活动起来，眼睛也能眨动了，他眼睛眨得很快，似乎是很慌乱的样子，随后嘴巴也嚅动了起来，慢慢能张开了，发出低低的啊啊的声音。

谢文拍了我一下，说："能站起来吗？帮我把刘队长拖到石头那边去，这里血腥味太重了。"

我试了试腿脚，没有问题，尽管虚弱，站起来还是可以的。我晃晃悠悠地站起来，谢文已经把刘队长扶了起来，谢文尽管本事很大，不过劲并不大。刘队长这种身材比较魁梧的成年男性，谢文移动起来显得吃力。

我上前把刘队长扛住，算是给谢文减轻了些负担，两个人深一脚浅一脚地把刘队长拖到了山坡边的几块大石头处靠着。

谢文喘了口气，说："最怕这种体力活了。"

我也累得喘气，和谢文一边一个地围着刘队长靠着石头上坐在地上。

刘队长脖子已经能转动了，脸上也恢复了正常，只是身子还是一动都不能动，他看了我们两个一眼，目光停在谢文身上，突然叹了口气，说："为什么不让我死？"

谢文笑了笑，说："暂时不让你死。"

刘队长惨淡地笑了笑，说："谢文同学，你果然不简单，但是从你刚才出现，我们的声音已经传到总部那里去了。"

谢文微微笑着说："是吗？你们C大队能做信息隔绝，为什么我不能做？忘了告诉你了，从那个什么B37给你们来电话信号中断以后，这里方圆五公里，除了我以外，任何信息都进不来也发不出去。

啊，刘队长，这下你放心了吧，你可以随便说了，现在C大队听不到你的任何声音了。”

刘队长眼神一怔，说：“真的吗？”

谢文说：“何必骗你，你知道我就是你们要找的叫什么深井的人。”

刘队长眼神忧悒，喃喃自语道：“他们听不到我了！听不到了？五年了！五年了！五年了！终于暂时听不到我说话了！”说罢居然两行眼泪奔流而下。

我上前轻轻拍了一下刘队长，自从今天发生了刘队长为了保护我杀了螳螂、大虫的事情后，我觉得刘队长又变成一个我值得信任和敬佩的男人。

我说：“刘队长，怎么了？”

刘队长身体不能动，只能任由着眼泪从眼中淌下来，在脸上汇成两条泪线。不过，刘队长只是哭了一下，眼神就马上又坚定了起来，止住了伤心，回答我说：“没什么。只是突然觉得畅快而已。”

谢文说：“刘队长，是不是没想到我会出现啊？”

刘队长说：“是的，我根本没有想到任何人会再出现。你为什么要救我？你不怕我以后会说出去？”

谢文笑了笑，说：“如果怕你会说出去，就不会救你了。你不会说的，因为我们太了解你了，甚至比你自己都了解。”

刘队长说：“什么意思？你比我还了解我？”

谢文说：“噢，是啊，不仅是你，所有和张清风接触的人，我们都太了解太了解了。哈哈。”

刘队长眼中流露出惊讶的神色，头用力地摆着，表示不相信，说：“所有和张清风接触的人？谢文同学，你到底是什么人？”

谢文呵呵又笑了两声，说：“包括今天张清风第一次见到的A3、B1、B3！”说着往石头上一靠，望着天空说：“我嘛！张清风他们班的管理员，你说我是深井组织的人，也行。”

谢文说出B3，刘队长的眼神明显地跳动了一下，嘴巴嚅动，好像很想问什么，但是他忍住了，直到谢文把话说完。

谢文可能也注意到了刘队长的眼神变化，也冲刘队长微微一笑。

而我这时感慨的是，谢文当着刘队长的面，也会如此开诚布公，他应该知道刘队长就是要抓他的C大队的成员，却恍若无事一般，不仅公开自己的身份，回答问题也是毫无掩饰。真不知道谢文是真的什么都不怕，还是傻乎乎地胡说乱说，还是……想到这里，我心中念着糟糕了，难道谢文是打算问刘队长一些事情，然后就把刘队长杀了？谢文这种又像神又像魔的人，他应该干得出来。

刘队长说：“深井组织……就像你这样对C大队的存在无所谓吗？一点都不掩饰吗？”

谢文说：“掩饰什么？像你们这些能力不够的什么ABC大队，才会遮遮掩掩的。”

刘队长似乎挺不服气地说：“难道你被抓到了，还是什么都随意说吗？”

谢文说：“噢！不要做对比啊，没法比啊。我保证我永远不会被你们抓到。唉，说了你也不相信。”

刘队长沉思了一会儿，尽管他可能不愿意相信谢文说的，但是他的表情也在慢慢地变化着，谢文的这种洒脱，不是吹牛可以吹出来的。半晌，刘队长才慢慢地说：“你救了我，有什么目的吗？”

八 无法理解

谢文微微笑了笑，说："为什么一定要有目的呢？"然后自己好像又想了想，说："我是按指示办事，不让你死罢了，不知道到底目的是什么。"

刘队长说："只是不让我死吗？"

谢文想了想，说："有个事情可能是不让你死的理由，就是未来你会在离燕北很远的一个地方碰到一个非常重要的人，你会保护他，甚至付出自己的生命。"

刘队长"啊"了一声，说："未来？"

谢文笑了笑，说："未来。"

刘队长说："你能看到未来？"

谢文说："我看不到，我们能看到。"

刘队长说："所以，这就是你救我的理由？"

谢文说："如果你这么认为，那就算是理由吧。"

刘队长轻轻地笑了一下，说："谢文同学，你年纪不大，说的话却深奥得很呢。如果我刚才死了，那所谓的未来不就是假的吗？"

谢文说："你死不了，我来阻止你自杀，这是命运。"

刘队长呵呵一笑，说："命运？难道你是我命运中的一环吗？如果你不来，我就死了，呵呵，听起来好像你们就是命运的设计者似的。"

谢文说："哦，这我不知道，只是我很早以前就认识你了。"

刘队长说："很早以前？多久算很早？"

谢文把脸转向刘队长，两人对视着，谢文说："你看呢？"

刘队长从先开始的轻轻一瞥到逐渐眉头皱在一起，再到仔细地打量，最后刘队长满脸惊恐地说："你！你是谢成峰？"

谢文点点头，说："答对！"

刘队长脸上的肌肉扭曲着，说："你！不可能！十几年前你就死了！"

谢文说："那只是任务完成了，要不我怎么能成为张清风的管理员呢？"

刘队长越发惊讶地说："可是，你的样子！"

谢文说："哦，当然要看着和张清风他们是同龄人了。"

刘队长说："不可能，不可能，你不可能是谢成峰！你骗我！我看着他死的！"

谢文说："哈，这就真是不好解释了。我以前也是你的管理员。"

刘队长说：“什么？你也是我的管理员？”

谢文看着刘队长说：“十几年前，我们毕业的那个班，所有人都和张清风他们一样，我是管理员，只是你不知道罢了。”

刘队长看了我一眼，说：“我和张清风一样？变形？”

谢文呵呵一笑说：“那倒不是。你毕业以后，身体里的太岁逐渐成熟，最后被取出来了。要不，你也是深井的一员。”

刘队长额头上已经泛出细密的汗珠，说：“我身体里的太岁？”

谢文看着刘队长说：“当年我们班所有人身体里都有太岁，只是毕业后，大部分人的被取出来了，就是你这样的，少部分人则成为深井。”

刘队长说：“大毛、二哥、老鳖、小孙他们都是？”

谢文说：“是。大毛现在是深井了。其他人身体里的太岁都取出来了。”

刘队长猛地说：“这不可能！这是什么时候的事情？”

谢文说：“刘队长，你忘了你三十岁的时候突然出现的那场车祸了吗？那次，你身体里的太岁就取出来了。随后，你认识了那个现在都让你魂牵梦绕的B3，加入了C大队。”

刘队长身体抖了抖，看得出他非常激动，眼睛瞪得溜圆，说：“什么！你怎么知道！”

谢文呵呵笑了起来，说：“我不是说过了吗？我比你都了解你是什么样的。”

刘队长低下头，沉重地喘着气，他听到的一切可能让他无法相信这一切都是真的，甚至连在一边旁听的我，也觉得谢文说得实在太不可思议了。

刘队长喘了半天，才慢慢地说：“那，B3 当初和我是真的，还是假的？”抬起头，紧紧地盯着谢文。

谢文也看着刘队长，说：“你们的感情，我根本无法判断到底是真的还是假的。我回答不了你。”

刘队长沉沉地叹了一口气，悠悠地说：“谢谢你无法回答我，因为你不管回答我真或假，我都无法接受。”

谢文笑了笑，说：“想活下去了吗？”

刘队长说：“想。当我的价值观被颠覆的时候，好像又要开始新的生命似的，我想去体会一下。”刘队长顿了一下，接着说：“但是，我杀了人，这怎么办呢？”

谢文说：“那你相信我说的一切吗？”

刘队长看着谢文的眼睛，说：“相信。我该怎么做？或者，请你们帮我把记忆洗掉？”

谢文说：“你的这段记忆，我们不会给你洗掉。C 大队也没有人会给你做瑜伽。你要做的就是告诉 C 大队的人，你们突然全部昏迷了，直到醒来。”

刘队长说：“可是，你知道万一不小心，说出来了怎么办？”

谢文笑了笑，说：“果然 B3 会破格让你加入 C 大队，你已经有将秘密带入坟墓的心理准备了。”

刘队长淡淡地笑了一下，点了点头，说：“我知道，我已经被你们装进一个巨大的机器中了，成了一个小零件，我已经无法逃脱出来了。我想知道，这个巨大的机器，到底要干什么？”

谢文说：“只有它才知道。”

刘队长说：“它？是谁？”

谢文抬头看了看天空，愣了一下，说："它，是我们来和回去的地方。"

刘队长也抬起头看着天空，喃喃说："来和回去的地方？"

谢文笑了笑，说："既是一切都有又是一切都无的地方。"

刘队长看了看谢文，说："哦。是神。"

谢文说："不是神，胜似神。"

我茫然地看着谢文和刘队长两个人的喃喃自语，刘队长好像一下子明白了很多似的，那眼神中闪出一股与世无争的洒脱，好像整个人都换了一个似的。

我看他们两个都看着天空发呆，插了一句嘴，说："谢文，我身体里也有太岁吗？"

谢文总算把头低下来，看着我说："有啊。"

我说："那也会取出来吗？"

谢文说："那不是我决定的。"

刘队长突然也说道："我突然想起来了，我曾经如此在意我是谁这个问题。而在三十岁以后，就不怎么想了。是因为太岁被取出的原因吗？"

谢文说："哦，也许是吧，每个人的感受是不一样的。你的太岁被取出了，你的自我意识仍然被增强了很多。这也许是你的特殊之处吧，你这样的人，应该会成为我们的同类的。"

刘队长说："同类？"

谢文说："太岁人。身体里有太岁的，都是太岁人。但是被取出了以后，就失去了这个资格。"

刘队长说："哦，那还真有点遗憾，如果是太岁人，也许能更接近答案。”

谢文说：“呵呵，这个世界是给不了答案的。”

我见他们两个又开始说些无法听懂的话，只好又插上一句：“我们就这样一直待在这里吗？”

谢文“哦”了一声，呵呵笑了起来，说：“你倒是提醒我了。现在时间还没有到，还要坐一下。”

我说：“怎么，待在这里说话的时间，还要计算的吗？”

谢文点点头，说：“是的。事物和时间有个自然的结合点，不要太早也不要太晚，刚刚好最好，会比较顺利。”

我说：“真够复杂的。真不敢想象你们怎么做到这些的。”

谢文说：“听指示就可以。”说罢把右手伸出来，在掌心有个红色的火焰在皮肤下闪耀了起来。

我和刘队长都惊奇地盯着谢文掌心中的这个火焰，这是什么？在皮肤下面，真的好像有一团火焰燃烧着，看着让人着迷得很。

谢文把手掌一收，说：“这就是神山的标志。”

刘队长说：“火焰……不是第二通道吗？”

谢文突然口气冰冷了起来，说：“第二通道，你们C大队牺牲生命也要保护的秘密组织，只是五百年前背叛我们的一群人。他们很好地成了一种少部分人类崇尚的力量，包括A大队。你们所知道的很多东西，不过是第二通道有意地透露给你们而已。在第二通道那些家伙的眼中，所有人都只是他们利用来和我们抗衡的棋子。这次，他们开始动用A大队的能力，因为时间已经接近了。”

我说：“什么时间？”

谢文说：“每五百年一次的世界平衡打破的时间，整个世界的格局都会发生变化。第二通道不会错过这个机会，他们的目标是把神山破坏，然后用火焰净化整个世界，重新建立新的秩序。只是，谁也不知道世界平衡打破的确定时间和事情是什么。”

刘队长说：“世界的平衡被打破？会发生什么？”

谢文说：“五百年前，东方文化逐渐被西方超过，直到现在整个世界的价值观和科学观都是当时世界平衡打破后的功劳。可笑的是，五百年前世界平衡被打破的时间和事件只是西班牙农村一个妇人家中的一只公鸡引起的一场大火。”

我说：“啊？是一只公鸡引发的？”

谢文说：“是的。上亿年的地球历史中，第一次世界的平衡被打破，只是一个原子突然加速了跳动的频率而已。你如果知道这个时间发生的这件事情,就是世界平衡打破的关键,聪明而庞大的组织,就能用此来将整个世界比较容易地控制在自己手中。”

刘队长笑了笑说：“我明白深井，噢，神山要做什么了。难道你们发现了吗？”

谢文说：“我不知道。只是我们知道上次世界平衡打破的时间和事情，用了数百年时间来计算。”

刘队长说：“现在科技发达了，看来你们能越来越接近了。”

我说：“我还是不太明白……”

谢文呵呵笑了笑，站了起来，说：“你不用太明白的。我们可以走了。”

我和刘队长抬眼望去，对面的山坡上，又缓缓走下来两个穿着灰色制服的人。

九　校园的地下

这两个穿着灰制服的人无声无息又飞速地走到谢文面前，谢文几乎和他们同时伸出手来，那两个灰制服手中的也像谢文一样，闪耀出红色的火焰光芒，随即就又灰暗下去。

这两个灰制服的人瘦高瘦高的，都留着平头，脸上没有什么表情，显得又和谢文不太像是一类人。

谢文轻声对这两个人说：“我先带张清风离开，剩下的就麻烦你们了。”

灰制服也不答话，只是点了点头，均从腰间掏出一个枪械似的东西，径直走向被刘队长枪击致死的大虫和螳螂的尸体。分别对着这两具尸体，扣动了扳机，只听到灰制服手中的枪械发出低微的嗡嗡声，似乎有道淡紫色的光线从枪中射出，地上的两具尸体就迅速地被化成了灰烬。

这个场面看得我有些瞠目结舌，还没等回过神来，谢文已经走到了刘队长身边，说："我们给你准备了一小段记忆，你到时候就按照这个记忆说好了。"说罢，拿出一个拇指大小的小金属物体，按在刘队长的太阳穴上，那金属物体微微闪了下光，就化成灰烬消失得无影无踪了。

刘队长低低地"哦"了一声，脖子一软，垂下了头，似乎昏了过去。

谢文转身向我走来，说道："张清风，你也先睡一下。"

我说："怎么，要去哪里吗？"

谢文笑了笑，说："当然是回学校，只是用你想不到的办法，你看，有人要来找麻烦了。"说着一指远方。

我抬头看去，远远的地方，似乎正有几辆汽车的大灯晃动着，正向我们这边驶来。

我问道："是谁？ C 大队？"

谢文说："不，是第二通道的人。"

我还想说话，眼前突然一黑，身子一软，摔倒在地……

等我睁开眼睛的时候，我正坐在一张柔软的靠背椅上，谢文正微笑着站在我身边。

我动了动身体，觉得没有任何不适，反而精神很不错，转头问道："噢！谢文，这是哪里？"

谢文说："学校。"

我四下看去，我坐着的地方是一个巨大的房间，比学校的礼堂看起来还要大一点。灯光并不是很强烈，但是整个房间很温和地明亮着。这个房间的一侧，竖立着几十个巨大的柱状玻璃容器，看不清里面有什么，只是发出淡黄色的微光。再看过去，除了几扇金属的门以外，就是有些笨重的大铁柜沿着墙摆成一排，墙壁和屋顶都是白色的，看着非常的洁净。

几个人在我不远的地方走过，穿着便装，学生的样子，但是都拿着一个笔记本大小的仪器，上面明显是有屏幕的，从房间里穿过，从一个铁柜子走到另一个铁柜子，好像在不断地在交换什么资料。

我慢慢地站起来，尽管这个房间除了玻璃容器有些古怪以外，别的没有什么特别之处，但是我还是觉得这个房间充满了神秘。我纳闷了一会儿，努力回想学校里哪有这样的地方，不过没有结果，于是我问谢文："这是学校的哪里？"

谢文说："学校的地下。"

我"啊"了一声，学校的地下？怎么会有这么大的房间在学校的地下？但是回想到今天谢文所做的一切,又不奇怪,谢文这样的人，带我到什么地方，我都不会觉得特别奇怪，学校的地下就地下吧。

我说："我好像没有睡多久，就到学校了？"

谢文说："的确没有睡多久，来吧，我带你参观一下。"

我"哦"了一声，赶紧跟着谢文。

身边走过几个学生打扮的人，都冲我微微笑了笑，我轻轻地问道："谢文，这些人是什么人？认识我吗？"

谢文说："都是和我一样的管理员，也是学校的学生，你可能有点眼熟吧。”

我说：“怎么我们学校有这么多和你一样的人？”

谢文笑了笑说：“呵呵，不是说过了吗？我们学校有很多班级都是有管理员的，我们学校是神山的一个中续站。”

我说：“啊？中续站？”

谢文说：“就是培养、观察你们，以及调度这一地区神山人员的地方。”

我说：“怎么在学校？”

谢文说：“你傻啊，大学不仅安全，而且面积比较大，人也很集中啊。是个好地方呢。”

我点点头，算是明白了。大学这个地方，几千号人堆在一起，生活又单调，也不怎么接触社会。如果没有什么大事，警察什么的都很少进来，自成体系，如果连校领导都是神山的人，估计整个学校的学生都被换成周宇那种傀儡人，也没有人会知道的。

我说：“的确是个好地方。”

谢文微微一笑，说：“知道就好了。”

谢文说着，已经带我走到那些巨大的柱状玻璃器皿旁边，转头对我说：“很想知道这里面是什么吧？”

我没敢点头，生怕自己的好奇心会惹上麻烦，只是尴尬地笑了笑。

谢文也不在乎我，用手轻轻地在玻璃罩上抚摸了一下，这个玻璃罩就透亮了起来，里面什么都看不清楚的浅黄色慢慢退去，逐渐显现出来一个人影。

我猛吸一口凉气，因为玻璃罩里的人居然是陈正文！他正赤身裸体地浸泡在玻璃罩里，只是腿和胳膊被固定着，所以整个人在玻璃罩中轻轻地上下漂浮着。

我倒退一步，失声叫道："陈正文！怎么！他死了？"

谢文说："别紧张，这是陈正文的一个替代品罢了，现在寝室里的那个周宇，也是从这里面出来的。"

谢文说得轻描淡写，但是我还是全身发冷，看着一字排开的近一百个玻璃罩，我心中突然升起一阵恐慌，不会一个我的替代品也正浸泡在这个玻璃罩里面吧！

我吞吞吐吐地说："不会，不会吧。这么多。"

谢文说："我们这还是一个小中续站，只有不到一千个而已，大的中续站有上万个。"

我怎么看，这个房间也只有不到一百个容器，难道我现在所处的房间，还有十几个吗？

谢文好像看透了我的心思一样，说："这里有十几层呢。"说着，就又把手按在玻璃容器上，容器里的液体又混浊了起来，光线也慢慢地黯淡下去，最后变成了刚开始的看不清内部的状况。

我颤颤巍巍地说："我们班上每个人的替代品都在这里吗？"

谢文说："基本上是的。"

我说："那死了的李莉莉、赵亮呢？还在这里吗？"

谢文笑了笑，说："哦，谁说他们死了？死的都是傀儡人，他们已经到另一个地方去了。"

我又大吃一惊，这个谢文几乎讲不了几句，就总是让我大吃一惊。

我忙说："什么？他们没死？"

谢文说："哦，是啊。"

我说："那去哪里了？"

谢文说："很远很远的地方吧，我也不知道。"

我说："你都不知道啊？"

谢文笑了笑，继续沿着玻璃罩向前走去，我赶紧跟着他，生怕他突然消失，把我留在这个恐怖的地方。谢文边走边说："我的级别，只是知道我这个级别应该知道的东西，就算有人告诉我他们去哪里了，我也记不住的。"

我说："级别？"

谢文没有回头，说道："是的，我在我们学校是最高级别的管理员，因为我管理你，你看其他的人，他们比我知道得更少。"说着眼睛向房间里行走着的那些同学望去。

我也跟着谢文望过去，这些在房间里来回穿梭的"管理员"，和谢文一样，明摆着就是学生的模样，甚至表情和神态都是那种学生味很重的，真不敢想象，他们居然在操作着这么庞大而不可思议的事情。

我说："可是，可是，怎么能都这么巧，考上一个学校了呢？"

谢文笑了笑，说："这是最容易的一件事情了，只要稍微做点手脚，该来这个学校的都会来。"

我心里算是有些明白，敢情是我们高考录取的时候，就被谢文这样的人动过手脚。

我还是问道："可是，燕北这么多大学……"

谢文说："哈哈，能有多少所嘛。"

我一听谢文这么说，心中一惊，难道说燕北所有的大学，都已经和我这个学校一样了？

我颤声说："不会所有的大学都是……"

谢文说："嗯，你觉得呢？"

我无法回答谢文的问题，低头不再言语，回想到在刘国栋别墅中 B3 所说的已经无孔不入了，我才真正知道了事件的严重性。神山何止是无孔不入，而是已经是真正背后的主宰者，可能没有被神山控制的地方也是非常有限了。

谢文推开一扇门，转身对我说："请进吧，有人正在等你呢。"

十　林风山主脑

我尾随着谢文走进这个房间，房间不是太大，灯光很柔和。在房间中央摆着看着很舒服的几个宽大的沙发，一张古色古香的茶几放在正中。除此之外，就是房间角落放着的几盆绿色植物。如果不是因为刚从外面那个怪里怪气的大房间走过，这个房间并没有什么特殊之处。

我四下看了看，房间里并没有人。谢文带着我向沙发走去，说："张清风，坐下吧。他马上就来。"

我"哦"了一声，坐在软软的沙发上，闻到让人喜悦的淡淡香气，但是也不知道从哪里传出来的。谢文转身就要出去，我连忙叫住他，说："哎，你去哪儿？"

谢文说："我就不待在这里了。我在外面。"

我"哦"了一声，也不知道该说什么，看着谢文走出去，把门轻轻带上。整个房间突然就一片宁静，几乎落发可闻，我顿时心中发毛。

我四下张望，谢文不是说有人正在等我吗？怎么一个人都没有？这种安静让我觉得非常不安。

而正当我坐不住想站起来的时候，我突然听到头顶传来了很有磁性的男中音的说话声："你好啊，张清风。"

我尽管心中还是微微一惊，但是这个声音听起来很是亲切。

我抬头望着天花板，四下张望着，实在不知道声音是从什么地方发出来的。

那个声音继续说："我不在这里。但是你会看到我，我的出现可能有些奇怪，你不要吃惊。"

我说："你是谁啊？你在哪里啊？"这个人说话也够奇怪的，说他不在这里，却又说他会出现，不是自相矛盾吗？

话音刚落，我沙发对面的空地上空突然凭空亮了起来，一个人影若隐若现。我顿时心中又是一阵发毛，怎么这里有鬼？正在惊恐时，这个人影就飞速地实体化起来，是一个五十多岁的男子，头发梳理得很工整，不胖也不瘦，看上去还真有点仙风道骨的感觉。他穿着白色的制服，双手交叉着放在腿上，坐在一个宽大的皮质转椅上。无论怎么看，都犹如一个人正坐在我面前，还不是凭空出现的。

这让我心中放松了一些，这个男人再怎么看，也都是活着的人的样子。

这个男人微微笑了笑，说："没有太吃惊吧。你现在看到的是我的立体影像。”

这个场景，我只在科幻电影中看到过，一个人身处异地，但是立体的影像却显示在另一个地方。不过，这个男人看起来如此的真实，哪有一点所谓影像的感觉。

我从害怕到震惊，如果不是我亲眼看到，我很难相信还有这么逼真的影像技术。

我吞吞吐吐地说：“你好。”

这个男人说：“你好，我叫林凤山。”

我说：“啊，林先生，你好。”

这个叫林凤山的男人说：“最近发生了这么多事情，是不是很迷惑？”

我点点头，说：“是啊。我根本搞不清楚这都是怎么了。”

林凤山微微一笑，说：“你是不是很想知道我们到底是什么人，而你又怎么变成这样的？”

我点点头，这个林凤山跟我肚子里的蛔虫似的，怎么知道我最想问这两个问题？

林凤山说：“我们叫神山，成立于公元 117 年。中国的部分，称之为神山的中国区，成立于公元 205 年，是一个世界性的组织。可能你听到过深井这个名词，这是外界对我们的称呼，其实也是我们。有趣的是，深井这个名词实际上是我们对自己内部的一个反叛组织的称呼。”

我喃喃地说：“你们，是外星人？”我实在不知道用什么说法来给他们下准确的定义，只好说出了外星人这个我的猜测。

林凤山眉头一扬，哈哈地笑了起来，说：“哦，不是，不是。

我可是土生土长的地球人，可能因为神山的科技更加领先，而且做的事情你暂时无法理解，你才会这么认为。”

我说：“那、那你们是什么人？”

林凤山很耐心地说：“我们是太岁人。”

我说：“太岁人？”

林凤山说：“是啊，太岁人和人类并没有什么区别，只不过身体里有太岁的原因，让我们的某些感知和人类不太一样罢了。所以给我们这类人起名叫太岁人。”

我说：“那太岁到底是什么啊？”

林凤山说：“太岁，是一种非常独特的物质，并不是生物。而太岁本身是没有意识的，但是却能够承载和复制意识。所有的太岁，都是始原体分裂出来的，太岁进入人体，慢慢地成熟，完全成熟之后，则能够将人类的自我意识强化和扩大，这也让人体还原了很多本应具有的功能。”林凤山一边慢慢地说着，手一边轻轻地挥舞示意着，很像一个优秀的老师在讲课。

我说：“还原了很多功能？”

林凤山说：“是的，人类的自我意识的来源也是始原体，但是随着人口不断地增多，社会形态越来越复杂，物质的诱惑越来越多，人类个体的自我意识已经在逐渐衰弱。这造成很多人类这种高级的生物本应具有的生物能力消失了，使很多方面都落后于低级的生命形态。”

我说：“可是人和动物的本质区别是人会思考和创造生产工具啊。”我不知道从哪里把记得不太清楚的人和动物的区别说了出来，其实我也记得不太清楚了，我已经忘了到底教科书是怎么说人和动物的区别的。

林凤山微微笑了笑，说："你认为如果人没有自我意识，会思考和创造吗？人能够这么做，就是因为人类这种生物在得到了自我意识之后，开始考虑我是谁的这个问题，为了自己而开始不断地学习知识、积累经验、制订规则、制造工具。同时，让自己拥有了更好的进化方向。"

我说："那不是很好吗？"

林凤山说："听起来是很不错的。但是当人类数量庞大到了一定程度，始原体能够给予的自我意识到达极限，人类数量还在不断增加，造成了自我意识的衰弱，人类整体反而从进化的高峰向低谷走去，越来越成为无意识形态的物质世界控制的生物。如果毫无节制地发展下去，人类会面临整体的毁灭，因为始原体会抛弃人类这种生物，不再给予新的人类生命自我意识。新的物种将会出现，取代整个人类。"

我惊讶道："人类会毁灭？"

林凤山说："是的，而太岁人不会被始原体抛弃，将存在下去。"

我说："你的意思是说，太岁人将取代人类？"

林凤山说："可以这么理解，但是太岁人因为使用的仍然是人类的肉体，无法摆脱人类退化的整体趋势，如果不摆脱人类现在的肉体，那么太岁人也跟着人类的毁灭而消失。所以……"林凤山深深地看了我一眼，说："所以，你就是我们改变人类肉体的尝试，而且能够证明，你成功了，成为人类进化的新方向。"

我指了指自己的鼻子，说："我？"

林凤山笑了笑，说："这是否能解答了你的第二个问题，你为什么会变成这样？”

我说：“可是，我还是人类啊。”

林凤山说：“谁说你是人类呢？从你一出生，你的身体里就被植入了太岁，因为你的进化成功，这个太岁和你完全融为一体，甚至不能取出，你的肉体也具有了很多太岁的物质特征。吸收外部能量生存，能够变形和锁定形态，再生等。你现在是真正的太岁人的代表，所以，你在我们的心目中非常非常的重要。”

我惊讶道：“我是太岁人吗？”

林凤山站了起来，脸上露出满意的笑容，说：“是的，近乎完美的太岁人！”

我还真有点受宠若惊的感觉，如果按照林凤山所说，回想我的身体情况，还真的很完美，连枪击我的脑袋我都死不了。

我说：“但是周宇不是和我一样吗？他说他会死，要吃了我。”

林凤山说：“你们班上的周宇吗？我知道这个情况，他是失败的作品。很遗憾，他没有你这么幸运。”

我看着站起来的林凤山，已经忘了他只是一个影像而已，感觉他就是一个真正的人站在我面前。我说：“今天晚上要不是谢文来救我，我差点就被烧死了。”

林凤山说：“不用担心，如果他们点着了你，你能够从火焰中吸收大量的能量，恢复形态，并储存下所有的能量。只是你要小心的是，你的身体和太岁单体一样，害怕强烈的电流冲击，以及被置身于隔绝所有能量的环境中，都会死亡，当然，如果你的头部被切得粉碎，也会死亡。你一定要注意这些，我们不见得能够无时无刻地保护你。”说罢，递给我一个坚定而温暖的眼神。

我彻底被林凤山征服了，这个看着温和的老者，传达给我的威慑力和震撼又远远超过了谢文，我开始庆幸我和他们是同类人，是太岁人，而不是什么该死的人类。

我一直害怕被人发现我是怪物，现在，我脑海中的阴霾被席卷而空，我不仅是太岁人，而且是完美的太岁人。什么士大夫说的只能和他们合作才会得到拯救，完全是人类的欺骗，他们是想把我当成他们的棋子罢了。我根本不需要士大夫他们拯救，我现在就已经找到了我最强大的靠山、最终的命运归宿，我是一个幸运的人！

我激动得脸上发烫，说："林先生，那我以后该怎么做呢？我又能帮助你什么呢？我现在还在担心，今天晚上我碰到的那些人见我没有死，会继续来找麻烦。"

林凤山笑了笑，说："C 大队和 A 大队还好说，B 大队那些双胞胎是有些难对付。"

我说："您说什么？"

林凤山温和地说："哦，所有 B 大队的人都是一个编号，两个人甚至三个人担当，他们都是彼此有心灵感应的双胞胎或者三胞胎。只是他们极少同时出现，让人以为每个人只有一个。"

我说："双胞胎吗？"

林凤山说起来轻描淡写，但是我听起来还是相当震撼，今天我见到的美若天仙的 B3 和深沉冷酷的 B1，都是双胞胎吗？怎么 B 大队是这么一个古怪的单位？

林凤山说："对。他们有如同太岁人一般的心灵感应，这种情况属于非常特殊的个案。所以，B 大队至今都没有神山的人进入。"

我说："太岁人也有心灵感应吗？"

林凤山说：“太岁人之间是严禁通信的，这会带来神山的毁灭。能够突破神山的封锁进行通信的，都必须被销毁。”

林凤山看我愣着，笑了笑说：“不用担心，B 大队只是 A 大队忠实的奴才，他们不会再找你麻烦的。”

我说：“我听谢文说，还有第二通道的人来抓我。”

林凤山说：“他们是些狡猾的背叛者，已经几十年为求自保，从来不敢越雷池一步，和我们对抗。只是世界平衡打破的时间临近了，第二通道这些背叛者想利用 A 大队来牵制我们。谢文救了你以后，他们装成来抓你的样子，只是做给 A 大队看看而已。让 A 大队紧张和重视起来。”

我说：“也就是说，他们知道我死不了吗？”

林凤山说：“他们可能知道你被我们保护，但不会想到你这么重要。在 1976 年他们的同类组织第一通道被完全毁灭之后，第二通道已经跟不上我们的太岁换代技术，他们再也没有办法发现新的太岁人以及提取太岁人体内的太岁。”

我说：“太岁也会换代吗？”

林凤山微微一笑，说：“你听得真仔细。是的，你身体里的太岁是 52 代的太岁，第二通道的水平还停留在 35 代。”

我说：“太岁是有等级的？”

林凤山说：“那倒不是，我所说的第几代太岁，是我们发展的新的太岁植入人体以及隐蔽的方式。数字越高，方式越先进，越难发现，也越容易成熟。”

我说：“看来我们班上的同学都是 52 代的太岁了。”

林凤山说：“除了你以外，最高的也只有 50 代。”

我说："啊？我是我们班上最先进的？"

林凤山笑了笑说："不仅仅是最先进，而且更加特别。"

我说："什么？我还有什么不同吗？"

林凤山说："是的，不过我也不知道，只有更上面的人才知道特别之处。"

我说："您上面还有……我还以为……"

林凤山说："我只是一个普通的主脑罢了，很多东西我也不知道，你要知道你的全部秘密，只能等到碰见他为止。"

我说："他？"

林凤山笑了笑，说："对，他——中国区创造你的这一切的主脑。"

十一 熟悉但陌生的校园

我说：“那他是谁？”

林凤山说：“不能说，以后你一定会遇见他的。”

我看林凤山的表情很坚决，也知道他绝对不会说的，打消了这个念头，恭敬地问：“请教一下，以后我该怎么做呢？”我问这句话的意思是说，既然我也是太岁人了，也知道了这么多，是不是该加入林凤山和谢文这个组织了？

林凤山说：“我了解你的心情，当你听到这一切的时候，会在现实社会中无所适从。只不过，现在你还不能成为我们正式的一员，因为你还有更重要的事情去做。”

我说：“更重要的事情？我不太明白，我以前做了什么重要的事情吗？”

林凤山说：“从你们班上的同学死亡案件，C 大队被卷入进来，随后因为有局外的有强势的人对你好奇，迫使 B 大队和 A 大队也卷入进来，排在后面的还有第二通道，甚至我们内部的反叛组织深井。人人都在想，你这个张清风到底是怎么回事？神山要干什么？所以，这些人的注意力都集中在你身上，这恰恰是我们想要的。那个刘队长来调查这个案件，你碰到以前的女朋友，惹上了刘国栋这样厉害的人物，这都是经过我们安排和计算的，以期达到我们想要的效果。”

我说：“这个……您的意思是说，我身边发生的事情都是你们安排的？就是你们早就知道会发生什么事情？”

林凤山笑了笑，说：“可以这么说。你可能会觉得委屈，你受了不少惊吓，也吃了不少的苦，还请原谅。”

我心中感叹了一下，如果要我埋怨林凤山和谢文他们，我还真是埋怨不出来。在我心中，我认为都是我应该接受的考验，或者说是我不知道的任务罢了。现在如果林凤山告诉我，我还是要充当这种诱饵似的角色，我也会欣然接受。

我连忙诚恳地说：“您别这么说，如果我真的帮到了大家，我很高兴的。”

林凤山笑了笑，向我走来，轻轻拍了我肩膀一下。但是我并没有任何被拍打的感觉，只觉得有股能量从我肩膀上穿过，我这才想起来现在的这个林凤山只是一个影像罢了。实在太过于真实了。

林凤山举起手来，他的手掌居然没有了，我正想问怎么了，林凤山已经有些欣慰地说道：“果然有很强悍的能量吸收能力！直接被吸收掉！一点余地都没有！”林凤山另一只手虚空着操作了几下，那个手掌才慢慢地从模糊到清楚，呈现了出来。

林凤山笑了笑，说：“挺好的。以后更重要的事情是，你必须毕业，上班。像个正常人一样生活。”

我惊讶道：“可是，我这个样子，怎么能……”

林凤山说：“不用担心。谢文会和你在一起工作一段时间，他会给予你帮助。”

我说：“您是说，我要去工作的那个光明集团？”

林凤山点点头，说：“是的，他们会对你特别关照的。”

我说：“怎么，他们也知道我不是人类？那这个单位？”我不知道从什么时候开始，已经把自己归为不是人类的范畴了。

林凤山说：“这个光明集团，只是第二通道地面上的一个普通的赚钱公司。向第二通道供应一部分物资，有趣的是，我们能确定这个光明集团，是深井和第二通道勾结之地。”

我惊讶道：“又是深井？勾结之地？”

林凤山说：“深井和第二通道已经勾结了很长时间了。关于深井，我只是提醒你，他们这些反叛者，隐藏得非常非常好，也更加狡猾。你一不注意，就会被他们以神山的名义利用，落入万劫不复的深渊。”

我说：“连神山也无法对付吗？”

林凤山说：“关于深井，你还是知道得越少越好。”

我说：“是要帮助谢文调查深井吗？”

林凤山摇了摇头，说：“不用了。”林凤山抬头看了看，说：“时间差不多了，我们的对话结束了。下次再见。”

我正要继续问下去，林凤山已经模糊起来，很快就消失了，房间里又只剩下我一个人。

我四下张望，没有一丝一毫的迹象，能够证明林凤山曾经存在过。仿佛只是一场梦。

我发了一会儿呆，门被推开了，谢文走了进来。

谢文进门对我笑了笑，说："谈完了？"

我点点头，说："是的，已经走了。"

谢文还是笑了笑，说："好了，那我们回寝室吧。"

我本想问谢文关于刚才林凤山的情况，但是看到谢文已经扭过头去，招呼我跟着他，我也只好赶紧站起来，跟着他走出屋外。让我自己待在这个安静得只能听到自己心跳的房间，打死也不愿意。

谢文快步地带着我走着，再次穿过大厅，我一路上看着四周的玻璃容器，心中还是不断地感叹这太不可思议。

谢文带着我又推开一扇房门，这次是个长长的通道，墙壁雪白，光线柔和。走到尽头之后，是两个玻璃外墙的房间，一边一个，谢文示意我和他一起走进一个房间。刚走进去，谢文就在外墙上操作了两下，整个房间就从四面八方吹来了有些温暖的强风，风中还带着一股好闻的泥土味道。

风很强，我嘴巴都无法张开，斜眼看着谢文，他似乎很受用地站立在风中。几分钟后，强风停止，咔嗒一声，另一个门打开了，谢文带着我向这个门内走去。

我跟着谢文，问道："刚才那风是怎么回事？"

谢文轻轻地回答说："把你身上的味道吹掉，换成外界的味道。"

我点点头，的确，我本来身上被汽油打湿过，衣服也原本脏兮兮的，现在才发现一点汽油的味道都没有了，而且衣服也像刚出学校时那样了。我并不想问谢文是怎么做到这一点的，问出来可能会有点幼稚，这对谢文他们来说应该不是什么难事。

从这扇门中往外走，谢文从墙壁边上拿出两个包，一个是我的，一个是他的，塞到我手上，还是径直走去。我原本记得我背的这个包，应该在汽车上打斗的时候就不见了的，怎么谢文又给收拾回来了？

接下来就是没完没了似的开关门、上楼梯、下楼梯。足足走了十几分钟，房间才算是变成比较正常的，堆着物品的房间。这时谢文才说："到了。"然后把一扇门推开，带我走了出去。

总算上到地面了，举目望去，这里居然是离寝室不远的小卖部的一个门，平时倒是也见到有人进进出出的，没想到居然是连接地上和地下的一个门。

谢文把门关上，小声说："别喧哗，跟我回去。"

我点点头，看所有的寝室楼里都黑黢黢的，整个校园也寂静无声，估计现在怎么都是凌晨两三点了。

我没有敢说什么，快步跟着谢文向寝室走去，直到寝室楼门口，谢文用手在寝室楼值班室大爷的房间玻璃上按了一下。就听到有人走到寝室大门，哗啦两声，将寝室门打开。谢文拉着我走了进去，点头向那个我平时就不太喜欢的严肃死板的看门大爷示意了一下。

这个大爷望了望我，微微冲我一笑，根本不像平时的那个模样。我心中干笑了一下，真是没想到这个老头也是太岁人，或者只是周宇那样的傀儡人吧。

谢文并没有耽搁，径直往楼梯走去，带着我回到寝室门口。这次回寝室，感觉非常不同，那个已经熟悉得不能再熟悉的寝室楼道和木头门，完全焕发出一种别样的神秘味道。

谢文掏出钥匙把门打开，寝室里假周宇和陈正文已经睡死了一般毫无动静。谢文转身把门关上，对我说："洗漱一下就睡吧，没什么事的。"

我惊讶地说："还可以洗漱吗？会不会有人觉得奇怪啊？"

谢文笑了笑说："你现在大声唱歌都不会有人醒过来的，现在整个学校的所有人都什么也感觉不到，甚至连梦都没有。当然除我们以外。"

我"哦"了一声，说："整个晚上吗？"

谢文说："不是，只是在需要的时候，有一阵子。现在大概还剩下十五分钟，就恢复正常了。"

我还是"哦"了一声，看来我大学四年里，睡梦中突然陷入毫无知觉的状态也并不是第一次了。估计大三时对面寝室突然发火灾，烧了快半个小时了，才有人发现，也是这个原因。

我说："不洗了，我直接睡。"

谢文"嗯"了一声，也不再搭理我，居然也不洗漱，脱了衣服倒头就睡。

我乖乖地爬上床，把书包里的东西摸了摸，两部手机都在，钱包也在，别的什么都没有缺，心中算是松了一口气，如果手机钱包丢了，还真是要了我的命，会心疼死。那手机还是父亲觉得找工作有必要，咬牙给我买的。班上尽管大部分人都有手机，在这个年头，手机还算是极大的一个奢侈品了。

我翻来覆去，很难入睡，脑袋里乱糟糟。十来分钟后，听到陈正文突然翻了一个身，才发出轻微的鼾声，假周宇也不耐烦似的翻了几个身。隔壁寝室也突然如同往常那样，那两个鼾王的鼾声很快冲天而起，整个寝室楼似乎又活了过来。我才发现，原来寝室的夜晚，并不像我刚才回来的时候，如此的安静。

我躺在床上，不知道是该笑还是该发愁。我知道我从今天开始，才算真正了解了我生活了四年的学校是个什么玩意儿，我们这群傻乎乎的学生真的像猪一样，四年懵懵懂懂地过着生活，以为学校就是一切。实际上，我们都是大傻瓜，身边的人早就不是死了，就被换掉，或者是谢文那种根本不是人类的家伙，而我们天天还和这些家伙打打闹闹、恩恩怨怨的，真不知道是无知者无畏，还是无知者幸福。

窗外，月亮应该很大，有淡黄色的光芒照进寝室。我突然觉得又伤感又害怕，又兴奋又无助。

明天，这个马上就要到来的未来，又是什么？是否已经在谢文和林风山的计算之内了呢？

十二 再见琴园书吧

天似乎亮得格外快，我始终毫无睡意。陈正文有早起的习惯，第一个起来，默不作声地洗漱完毕，收拾了一下东西，就出去了。

再过了一阵子，谢文也如同平时一样起了床。我看谢文起床了，连忙也爬了起来。谢文恢复了平时的样子，对我爱理不理的，脸上也没有笑容，说：“哦，你今天也起得很早嘛。”

我尴尬地笑了笑，也没说话，我只是心里觉得，我跟着谢文比较踏实。

周宇还在床上酣睡着，连睡觉夹着被子的姿势也和真正的周宇毫无二致。看着周宇，我真的有些困惑，这个傀儡人周宇和那个被我吃掉的周宇如此相像，任何一个细节都挑不出毛病来，难道我吃了周宇的事情只是谢文给我的幻觉？但是最近这一段时间发生的事情如此完整和清晰，哪里有一点幻觉的样子？我现在宁肯相信我是个疯子，是个幻想狂，也不愿意接受这个残酷的事实。

谢文始终一言不发，好像忘了我们两个昨天发生的一切似的，默默地洗漱完毕，拿着饭盒要去吃饭。

我几乎寸步不离地跟着谢文，我特别害怕谢文从我的视线中消失。几次想和谢文说话，但是谢文从来不正面看我一眼，我只能把要说出口的话咽回到肚子里。

整个早晨，我像一条哈巴狗一样，跟着谢文。谢文也没有把我赶走的意思，他做他的事情，当我不存在。谢文的这种状态，让我甚至升起过我是不是已经死了，只是个鬼魂的念头，要不谢文怎么丝毫不搭理我呢？

学校里的学生们还是来来往往的，还是有很多女生向我投来热辣的眼光，我已经习惯了她们看我的眼神，也是这些女生的眼光，让我知道我肯定活着，还是一个大家都能看到的人。

直到九点多，谢文要离开寝室，我见周宇刚刚也出去了，才实在忍不住，问道："哎，谢文，你还记得吗？"

谢文看了我一眼，突然笑了一下，说："记得啊。"

我算是松了一口气，说："你一直都不和我说话，我还以为……咳！"

谢文说："你还是不要跟着我了，显得奇怪得很。"

我说："可是我，那个、那个，我看不到你不知道怎么办才好。"

谢文说："你该干什么就干什么去吧。不用担心什么，你无论走到哪里，我都能找到你的。"

我说："我是担心，他们来找我。"

谢文说："已经有安排了，你没事的。该见谁就见谁，该说什么就说什么。"

谢文向我笑了一下，点了点头，拉开门就头也不回地出去了。

我"哎"了一声，伸出手还想让谢文留下，见谢文走出门去，我的孤独感顿时涌了上来，重重地坐在床上，双手把头发抓了个稀烂。我从昨天晚上知道我并不是人类，而是太岁人以后，这个学校变得非常陌生，来来往往的人都好像不属于我的世界，换以前，我会找同学吹牛聊天、打打牌、踢踢球，根本不会觉得孤独。可是现在，我根本没有找他们的勇气，因为我不知道他们是否也知道这一切，他们到底是人类还是太岁人，而我，什么也不敢说，什么也不能说。

我站起来，把头发整理了一下，在寝室里踱了几圈，觉得待在寝室里也不是个事，打算拿书包到图书馆或者网吧打发时间。正当我要收拾东西出去，寝室门哐地被推开了，隔壁的胖子见我在屋里，立即高声喊道："幸好你在，缺腿，缺腿！双升，四副牌！"

我还没有表示可否，胖子就冲过来把我拉着往外拽！我哭笑不得，打四副牌的双升是我们班的优良传统，人人会打人人爱玩，最近我们寝室出了不少事情，所以参加得少了。一般来说，只要有人吆喝，你又没有特别重要的事情，一般都会参加的。何况，我们是毕业班，还剩几天就各自拜拜了，时间大把大把的。

我支吾两句，胖子就吆喝着："少啰唆，你都是找到工作的人了，就缺你一个！"我干笑了一下，就被拽到隔壁寝室。寝室里其他六个人见我来了，立即高喊着："开始，开始！"

八个人打四副牌的双升，其实是很有意思的，我别的本事不大，打这个的本事还可以。加上我们班上这些混球，打牌还都是带点彩的，赌开水票和鸡腿，更是让大家兴致高涨。我们班上的双升皇帝不是别人，正是谢文这个家伙。基本上和谢文一边的，都是有赢无输，后来谢文打得少了，今天又刚好不在，也就我这个中流水平的凑数。

打牌的几个家伙，吴刚也在内，半数都是找到工作的，其他的则是班上有名的牌棍，没找到工作，也不着急，但是只要打牌，很少看到他们不在的。

我开始还是兴致不高，几圈下来，兴致也来了，心情也不是很郁闷了，很快跟着这些混蛋吆喝了起来，互相开玩笑臭骂着。一下子又回到了我碰到苗苗之前，无忧无虑简单单纯的大学生活中。

一直打到中午，仍然没有停止的意思，很多同学都回来了，把隔壁胖子寝室闹翻了天。谢文也跑过来看了一眼，跟着胡嚷嚷了两句就走了。周宇则死皮赖脸非要上阵，最后把胖子换下去吃饭。陈正文也过来看了很长一段时间。

很久没有打牌了啊！几个同学热闹地嚷嚷着，的确如此，班上出事了以后，大家真的很久没有凑在一起打牌了。

奇怪的是，整整一天，我的手机都没有响过，也没有任何人来找过我的麻烦。让我跟着大家一直打到下午六点，才算散场。结果是我这边打赢了，最大的功臣就是我，因为我今天不知道为什么不仅手气好，算牌也算得准。

随后自然是打输了的四个垂头丧气地带着我们去买鸡腿吃。走在去食堂的路上，我突然觉得，这样简单单纯的日子不是挺好的吗？我为什么这么不愿意做一个人类，而要去做一个太岁人呢？就是因为自己总是幻想着能够过和其他人不一样的生活吗？还是因为我根本就厌倦做一个人类，有那么多烦心和愁苦的吃喝拉撒衣食住行的麻烦事？

我勉勉强强把鸡腿吃了，我现在根本对吃饭毫无兴趣，多好吃的东西都不太感兴趣。反而在吃东西的时候，罪恶地想到了我吃掉周宇时那种满足感和美味。甚至想到，能再吃一次就好了。这种罪恶感让我心中发凉，怎么会涌出如此强烈的吃人的欲望？

这让我从打牌胜利后的兴奋中快速地冷却了下来，话都不想多说，只觉得喉咙发苦，也拒绝了吃完以后继续打牌的邀请。大家看我有些奇怪，也没有多问什么，吵吵嚷嚷地跑回寝室，继续战斗了。

我一个人在学校里慢慢地走着。夕阳西下，晚霞倒是非常漂亮。这是人间，不是那错综复杂的学校地下，谢文带我去的地方不是天堂，也不是地狱，而是人间的真相。我这样一个小人物，容易快乐容易悲伤，却承受着说不清的命运折磨，而我是谁？为什么要让我了解到这一切？我生存的目的到底是什么？本来我的生命很简单，找个好工作，娶个好老婆，发笔横财，有房有车，有点名气，安度晚年，而现在，我到底要干什么呢？命运会把我牵引到哪里去？我甚至不能给自己任何想象的空间，我的未来会如何？因为，这一切已经超出了我想象力的范畴，我就算穷极智慧，也不能看得到想得到。

不知不觉，竟走到了学校的后门，琴园书吧已经亮起了广告牌，上面写着：图书借阅、双人雅座、饮料小吃。俗不可耐的广告。在这里却和临死前的李莉莉见过最后一面，也在这里第一次听谢文和我讲的那些改变我生活的话。

我不由自主地走进琴园书吧，那个小女生服务员笑盈盈地迎上来，问道：“借书吗？”其实这是一句废话，估计这小服务员想着跟我搭腔而已。

我摇摇头，说：“哦，不。我就是看看。”

那小女生说：“我们这里新进了几本书呢，我给你介绍一下吧。”

我连忙摇摇手说：“不必了，不必了，我就是看看、看看。”

那小女生“哦”了一声，似乎还是不太情愿，嘴巴嘟了嘟，把话咽下了肚子。

我也不想和这个小丫头纠缠，径直走到书吧里的书架旁边，也真不知道该看什么，只是看着一本书红红的，定眼一看，书名叫：人性的磨难。

我把这本书抽出来，哗啦翻了一下，密密麻麻都是字，是老外写的翻译了过来。我打算看看目录和索引是怎么写的，于是翻回来第一页，打算仔细看看。正当我要读下去，身边伸出一只手，也从我拿书的位置抽下来一本书。我还真没有注意到什么时候身边走过来人了。

这只手是个女孩子的手，雪白而纤细，盈盈地在我眼前一晃。就听到一个很清脆而柔和的女子声音说：“这是本好书呢！”

我抬头看去，倒是一下子让我吃了一惊，这个女生长得异常漂亮，戴着个棒球帽，笔直乌黑的头发扎着从棒球帽后穿出，鬓角的发际几缕长发微微地舞动着。穿着蓝色的运动上衣，身材高挑，曲线玲珑，傲人的胸部高耸着，晃得我心中飘荡。

她的眼睛柔柔地看着我，没有一丝杂质，清澈得如同一潭幽谷中的泉水，笔挺的鼻梁，朱唇微启，雪白而整齐的牙齿浅露着。她并未着任何粉黛，却美得让人惊心动魄！天下怎么可能让我碰到如此美貌的女子？简直如同画中的仙女走到我面前一般。

我脸猛地一红，已经不敢多看她的容貌，连忙低下头去，低低应了声哦。那女子继续说：“不认识我吗？”

我一愣，猛地想到在刘国栋的别墅见到的那个美若天仙的B3，但是她那天是披散着头发，又是一身职业套装的打扮，哪有这样随意轻松的状态。

我又抬起头来，打量着这个女子，没错，的确就是B3！我盯着她不肯眨眼，才喃喃说道：“啊，认得。”

这女子那双勾魂的眼睛突然微微往下垂去，白皙的脸庞上飞出两朵红晕，竟略有羞涩地说：“啊，你别这么看我。”

十三 美丽的反面

我也连忙转过头去，心中仍然突突乱跳。和如此漂亮的女子在一起这算是生平第二次，苗苗算是第一次，但是这个B3却给人另外一种冲动，绝不是苗苗可以比拟的。

说来奇怪，我并没有害怕B3，尽管她是要杀掉我的C大队的顶头上司，甚至觉得有点幸运。只是猛然间看到这个B3，又觉得不是我在刘国栋别墅中见到的那个，尽管长相不差分毫，眼神也是清澈透明。我马上想到林凤山跟我所说，B大队的都是双胞胎或者三胞胎，难道，这个B3是另外一个？

还没等我们两个再说话，那个小女生服务员没好气地走进来插话道："新进的书，只卖不借。"

我哑然失笑，来过多少次琴园书吧了，还第一次听到这里的书只卖不借的。估计这小姑娘是有意打岔。我“哦”了一声，把书插回到原位。

B3 转过头去，冲这小女生一乐，说：“哦！那就算了。”

这小女生看到 B3 长相，也是一愣，眼神中顿时气焰一低，也不再和 B3 对视，撇了撇嘴，竟转头走了。

我低声对 B3 说：“你、你是 B……”

B3 手轻轻一压，没有让我把 B3 两字说出口，说：“占用你一会儿时间吧。”说罢，把手中书也还回原位，垂手下来竟把我的手一拉，拉起我就走。

我顿时脸涨得通红，竟然被 B3 这种美女主动牵手，还真是没有想到过。B3 的手纤细小巧，温暖柔软，一握上来，我不仅脸红，身上汗毛都直立起来。我也没有敢挣脱，整个人极不争气地失魂落魄一般顺着B3的牵引，就走出书吧外。又拉着我走了几步，这才松手，B3 在我身侧低声说：“不好意思，陪我走一段吧。”

我侧脸望去，这个B3还是面颊绯红、不胜娇羞的样子。也不看我，只是向前走去。尽管 B3 穿的衣服并无出奇之处，但是她身材高挑、曲线玲珑，这平常的衣服穿在她身上，还是掩饰不住她的美好身姿。幸好她戴着棒球帽，帽檐盖着自己的脸庞，要不走在街上，估计是回头率极高。

我这个人美色当前，明知 B3 是要我命的人物，脚上还是不自觉地跟着 B3 走去。心中不断闪出疑惑，B3 这种人，怎么可能杀人呢？更加疑惑的是，B3 怎么找到我的呢？难道今天一天，都有人在盯着我吗？

跟着B3不停地走，几次都差点掉头就跑，但是想到肯定有人已经在旁边盯着我了，我还是忍住了，如果我掉头跑掉，碰到B1那种一见就知道是冷血无情的家伙，还不如跟着这个至少赏心悦目的B3呢。

走了三五分钟，这B3脚步轻盈，落地无声，几乎像在地面上滑动一般，转眼就把我带到校园外僻静的公共花园中，这才慢下步子和我并排而行。如果不是我反应够快，中途倒可能被她甩下。

我和B3齐肩走着，她的脸刚好在我肩头，鹅卵石路面并不宽敞，又是弯弯曲曲的，只要轻轻一搂，B3就能靠在我的肩头。这种想法真让我心思飘荡起来，可惜我只是敢乱想而绝无勇气去做的人，B3这种女人，让男人看到就想占为己有、呵护一番，她能够在男人堆里打转必然有自己的手段，难道她，用身体的本钱？想到这里我狠狠骂了自己数遍心灵肮脏,怎么一想就想到那些禽兽不如的事情来。

我有点结巴，说：“B、B3吗？”

B3也不看我，盈盈地说：“你怎么知道？”

我说：“上次见到时，听到的。”

B3脚步顿了顿，似乎在想什么，随即说道：“哦，的确如此。”

我说：“请问，有什么事情吗？”

B3说：“张清风，昨天晚上的事情不记得了吗？”

我“啊”了一声，这下脑子转了过来，记起谢文和刘队长的对话与举动，于是说道：“从那大房子里出来，刘队长径直送我回了学校。”我这是撒谎，但是自己却觉得说得理直气壮，看来人会编谎话，大多数情况下都是被逼出来的。

B3停下脚步，转过头来，那双清澈的大眼睛在夕阳最后一丝光亮下闪耀着美丽的光芒，仿佛要看透我的心灵。我有点慌乱，倒不是因为我在说谎，而是她这个时候的样子太过好看。B3 盯了我一会儿，才说："你在撒谎。你为什么要撒谎呢？"

B3 这样说话，简直就像是一个小女孩的口气，而且她的样子，估计跟我年纪相仿，最多二十岁罢了。我还真不知道如何回答这个显得幼稚的提问题的方法，尴尬地笑了笑，躲过 B3 的眼神，说："撒谎？我有必要撒谎吗？你别这样看我，挺不好意思的。"

B3 继续向前走去，我跟着她，B3 说："我知道你在撒谎，你什么都没有忘。"

我说："我很糊涂，我的确什么都没有忘啊。"

B3 说："你知道你昨天晚上差点死了吗？"

我笑了笑，说："您在开玩笑吗？我昨天晚上一切都很好呢。"

B3 突然跺了跺脚，像个小姑娘撒娇似的说："讨厌呢！我明知道你在撒谎！但是又看不透你。"

我有点纳闷，这个 B3 说的什么意思？看不透我？她能透视吗？

我说："我不明白你的意思……你找我就是为了这个吗？"

B3 说："我就是来看看你，再告诉你，你安全了，不用死了。"

我还是明知故问，说："我要死了？为什么啊？"

B3 转头看我，我也正盯着她，两个人眼神一交接，顿时就看到 B3 脸上又飞起一丝红晕，她连忙把头低下，说："你别再看我了，你这个人怎么……"说着嘤嘤娇叹一声，把头扭向另一边。

我追问道："我得罪谁了吗？我为什么要死啊？"

B3 似乎有点激动地喘气一般，说："算了，不说了，你没事了不就行了？有人不让你死。"

我还是说："谁啊？"

B3说："别问了。再见，你回去吧。"

我说："可是我很糊涂呢！"

B3快步向前走去，继续说："回去吧，别跟着我了。"

我只好"哦"了一声，停下脚步。

B3向前走了七八步，转过头来，低着头说："下次碰到我，你不一定这么好运气了。"

我伸出手"哎"了一下，说道："你叫什么？"B3已经转过身去，那曼妙的身影飞快地消失在公园的树林拐角处。

我呆呆地在原地站立了一会儿，想到B3那勾魂夺魄又近在咫尺的美丽，还是脸红心跳。我不知道B3说的意思是不是我不会再被C大队他们抓起来烧死了，那个救我的人不是土大夫就是土大夫最后时刻打电话来说的什么A1。如果说B3真的是双胞胎的话，我肯定刚才见到的B3不是我在刘国栋别墅中见到的那个。

这个B3应该也是让刘队长魂牵梦绕的那个吧，记得刘队长说到B3的时候，那种情感好像撕心裂肺一般。

我一边向学校走去，一边在回味着B3今天所说的话和一举一动，她好像很奇怪。首先，最奇怪的是她不敢太长时间正视我，脸上的红晕绝对是因为害羞，难道她从我眼中能看到什么？其次是她说明明知道我撒谎，却又看不透，难道是有读心术之类的特异功能？我的身体和普通人不一样，大脑受到枪击也没事一般，这是不是让她不能解读我的心呢？不过她不胜娇羞的样子，又是因为什么呢？我对B3绝对没有丝毫的胡思乱想，这和苗苗完全不一样，我看到苗苗就想和她上床罢了，而B3给我的感觉是干净纯洁的，我看到她的时候就喜欢她，只是走得比较近的时候，幻想过她能够靠着我的肩膀，连亲嘴的念头都没有。

林凤山说B大队有心灵感应能力，也从来不同时出现，看来的确如此。谢文这家伙也真够放心我的，我如果真的把谢文的事情和学校地下的一切都说出来，那学校估计真要闹个天翻地覆了。谢文信任我绝对不会把事情说出来，而我真的打死也不说，那他们也太高明了。或者是说，我尽管知道，但是我说不出口？一要说我知道的，话到嘴边上就不对了，这种可能性我觉得比较大。我记得谢文说过："我该知道的就知道，不该知道的，就算我听到了，也不会记得。"估计和谢文说的这种情况刚好反向类似——我知道的就知道了，不能说的，就算我要说，也说不出来。

我从学校后门经过，路过琴园书吧，刚好看到那个小女生服务员正站在外面整理东西，我犹豫了一下，还是走了过去。

那小女生看到我走过来，连忙往店里走去，我跟上她，在店里总算喊住了她，问道："哎，别走啊，打听点事。"

那小女生没好气地说："干什么？"

我说："刚才，嗯，刚才那个女生怎么进来的？"

小女生说："你进来了她就进来了。"

我说："哦。突然就进来了？"

小女生说："是啊，是啊，看到你长得帅，就进来勾引你嘛，得意了吧。"

我说："啊，好的。谢谢啦，我就是问问。"

小女生侧着头说："不就是长得像狐狸吗？有什么不得了的。"

我笑了笑，赶紧走出店外，这个小女生估计在吃B3的醋，她还是不要惹上这些人，离她们越远越好。

回到寝室，迎面碰到了谢文，寝室里也只有他一个人在，周宇的吆喝声正从隔壁胖子寝室传出来。谢文冲我笑了笑，说：“见到美女了？”

我也不觉得奇怪，回答说：“B3。”

谢文说：“他们这些人，很残忍的。”

我干笑了一下，也不愿多说，B3 这样的美女，对我很温柔，我对她印象很好，所以谢文说的我并不以为然。

晚上九点多，有人喊着火了，从窗外向外望去，后门那边浓烟滚滚，着了大火。一会儿工夫，刺耳的救火车声由远及近，喧哗而来。

有好奇者跑到外面去看，半个多小时以后回来，告诉大家，琴园书吧着火了，有人烧死了，店长和那个小女生服务员确定没有逃出来，应该死在里面。

我看了看谢文，谢文面无表情。我的心中一盆冷水浇下，透心冰冷。

十四　倒霉蛋想自救

救火车声渐渐地远去，这场大火算是扑灭了。班上不少同学又跑去看，回来都是唏嘘短叹，说烧得真惨，就剩一个空的黑黑的水泥架子了，隔壁的房间也着了火，烧掉了半边。书店着火一般很是厉害，不仅因为木质的东西多，而且每本书烧起来，都是极好的燃料。

我身上发凉，多次向谢文看去，谢文面无表情的也不搭理我。我想起谢文说他们很残忍，心有余悸，是那个美若天仙、眼神清纯的 B3 烧了琴园书吧吗？她为什么要这么做？如果说是巧合，那也太巧了吧。是谢文他们干的吗？烧了琴园书吧对他们来说好像没有丝毫的意义。

脑子乱糟糟的，很快寝室也就熄灯了。

那帮打牌的人今天估计被挑起兴趣了，尽管着火让牌局中断了一会儿，现在熄灯了，他们那帮人还是挑灯夜战，一直鏖战到快一点才算停止。周宇也就摇摇晃晃地回来睡觉。

第二天一大早，起床以后我逮到一个机会问谢文："昨天失火的事情和我有关吗？我在琴园书吧遇见的B3。"

谢文打了个哈哈，说："不和你有关还能和谁有关？"这句话搞得我心情相当的低落。

上午我自己一个人跑到琴园书吧那里去看，果然整个二层小楼的琴园书吧烧得光秃秃的，屋顶都没有了，遍地还有不少灰烬和四下散落的瓦砾。一些人已经支起了简易的塑料布的隔离围墙，不让大家靠得太近。

整个现场凌乱不堪，看得出昨天晚上这里闹得的确不可开交。

很多人从火灾现场走过，都是对着琴园书吧的残骸指指点点的。这个书吧从我进大学开始就一直存在了，据说开了有十年的历史了，这样一把大火烧了个精光，估计绝大多数学生都是不忍心的。

我走到学校后门外边，在原来琴园书吧的旁边有一张桌子，桌子边挂了一张白纸，写着：还书处，每本一律按押金五元退款。桌子上已经堆了不少的书籍，一个老者垂头丧气地整理着。陆续有人过来还书，那老者要退给还书的人押金，大部分人都拒绝了，只是把书还了以后就走了。我走到桌子旁边，犹豫了一下，那老者已经在说："还书吗？可以退押金的。"我连忙说："哦，不是。"那老者又把头低下来不再说话。

那老者我大一的时候还经常在店里见到，可能身体不好，把店铺让自己儿子照看。

我忍不住问道：“老伯，怎么会着火的？”

那老伯抬头看了看我，沉重地说：“我也不知道，过来的时候已经烧光了。”说罢长长地叹了一口气。

我说：“那里面的人呢？”

老伯又看了我一眼，低声说：“没找到，可能已经化成灰了。”说着就伤心起来，转过身去擦泪。

我不敢再说什么，转身要走，那老伯说：“同学，如果你有同学书还没有还，麻烦告诉他们一下，可以退押金的。”

我的心一下子被揪住了一般疼痛了起来，颤声说：“老伯，你的损失这么大，还要退钱吗？”

那老伯说：“开了十多年的书店了，最后的信誉还是要讲的。总不能因为自己遭遇了不幸，就要赖装可怜逃避责任吧。只是记不清楚每人押了多少钱，只能按通常的一本书的押金来算。”

我鼻子有点发酸，低低说了声：“对不起。”说罢就把口袋里所有的钱，大概二十多元一把丢到桌上，转头就跑。只听到那老伯还在后面叫着：“同学！”

我头也不回，一口气跑出了老远，重重地坐在体育馆旁边的台阶上，眼泪就涌了出来。我恨他们！是谁这么残忍，要破坏这一切！而我居然是破坏的引发者！是B3吗？是神山？是深井？是第二通道？他们都是坏蛋！把我当小白鼠也就算了，为什么还要波及我身边那些无辜的人？越想心中就越难受，干脆抱着头哭了起来。

那火灾现场实在太震撼了，破坏力太大了，还有无关的人死了。而这可能都是因为我造成的。如果我有能力，一定要找出是谁干了这些事情，要让他们还债！哪怕我只是飞蛾扑火，我也一定要试一试。

我哭了半天，等到停止哭鼻子以后，反而觉得自己比以往任何时候都要坚强起来。我不是个玩具，我就是我，谁都别想利用我！

我把脸上擦干，整理下自己的衣服，快步回到了寝室。谢文居然还在寝室看书，看到我进来，反常地对我笑了笑，我没有给他好脸，把自己的书包一拿，就要往外走。

谢文倒主动地叫住了我，说："是发现了什么东西吗，这么着急？"

我头也没回，冷冷地说："是的，我是明白了不少。"

谢文刚"哦"了一声，我就把门拉开，头也不回地冲出了寝室。我不想当谁的哈巴狗，也不想再乞求谁的保护，也不想装可怜逃避责任，如果要我死的话，就尽管来吧！

等冲出寝室，走到学校的空旷处，我逐渐冷静下来。现在我能信任谁呢？刘队长？值得信任，但是他现在应该也被控制起来了，而且生死未卜，给他打电话绝对不行；土大夫？那个看着就阴险的人，也是B大队的，说不定和B3一样具有两面性；谢文？更不可能，他是操纵我的人；警察？恐怕要做的只是把我当疯子抓起来；政府部门？那个刘总长一肚子坏水，位高权重照样没有好心；学校？整个学校地下这么大的一个基地，又把我们这么多人弄到一个学校来，估计早就被控制了；还有苗苗？这个制造我的人，消失得无影无踪了，更别说可以帮我什么了。那么还有谁？

第二通道？连影子都不知道在哪里。

突然，我脑海中电光一闪，想到了一个名词——深井。这个林凤山和谢文口中的神山内部的反叛组织，他们是什么人？为什么敢和神山他们对抗？也就是说，深井有能力来对抗神山安排好的命运！但是，他们又在哪里呢？就算我找到深井，他们会不会还是把我当成棋子来对待呢？

我想来想去，好像这个世界上根本没有人能够帮到我什么，我必须要独自面对，就像那个琴园书吧的老伯一样！

我拿出手机，给家里拨通了电话。嘟嘟两声以后，一个熟悉的声音传来："喂，找谁啊？"

我一下子又有点想哭，说道："妈，是我啊。"

妈妈在电话那头很高兴地说："小风，是你啊。哎呀，我就说今天总觉得你可能要打电话。你还好吗？"

我说："还好的。"

妈妈马上说："小风啊，你是不是心情不好啊？有什么事情了吗？"

我说："没有啦，妈，马上就毕业了，我先去那个公司报到了以后，再回家来看看。你不用担心。"

妈妈说："也好，也好。你自己要小心，到公司里去，什么东西不懂的要多问人，不要耍脾气。"

我说："好的，知道了。对了，妈，你上次说燕北那个我的表叔，就是给我开药治青春痘的那个表叔，在哪个医院呢？"

妈妈说："怎么问起这个？在海青医院呢，皮肤科的。"

我说："哦，我最近脸上青春痘又发作了，很厉害，我想去看看。所以问问。”

妈妈说：“又严重了？上次你不是说都好了吗？怎么？”

我说：“又发作了，挺恶心的。”

妈妈说：“那我先给他打个电话吧，你都没有见过你表叔的，你这孩子，叫你去你从来不去，有事了才想着别人。”

我说：“不用了，不用了，我先去看看而已。不多说了，我先挂了啊。”

妈妈说：“哦，好，你多吃些蔬菜，别老吃些上火的东西。听话啊。”

我说：“知道了，妈，我挂了。”

我挂了电话，心中酸疼，妈妈还是那样敏感又疼爱我，如果她知道我身体这样了，一定会非常非常担心的。

我要找医生，我想看看医生是怎么判断的，说不定我还有救，如果我变回了正常人，他们就不会缠着我了吧。我那个表叔妈妈说过，是皮肤科的主治医师，还得过什么大奖，应该能够帮到我的。我抖擞了一下精神，往校外走去，海青医院并不远，坐公共汽车也就十站的距离。

一切都很顺利，我上了一辆直达海青医院的公共汽车，我到处张望了一下，没有发现什么可疑的人。公共汽车启动了，正常地行驶着。

刚开了两站地，车就停住了，抬头往前望去，好像路被堵上了，前面密密麻麻全是车。又等了十几分钟，还丝毫没有移动的样子。司机开始喊着：“不好意思啊，刚打了电话，前面严重的车祸，整条路都堵上了。这就不知道等到什么时候了，有急事的先下车吧。”

车门打开了，乘客们纷纷下车。

我也下来了，果然，整条街都堵得水泄不通，一点都没有动窝的意思。我看了看地方，应该走路也能走到海青医院去。于是迈开了大步往前走去。

走了一站多地，看到了车祸现场，一辆大公共汽车整个侧翻在马路上，还有一辆面包车冲出了马路，底朝天横在人行道上。怪不得后面的车动都不能动。已经有几个警察过来了，一个头破血流的人正坐在地上，艰难地和警察说着话。还有几个人躺在地上，估计不是司机就是乘客。

我从人行道上挤过去，叹道，怎么今天让我碰到这么严重的车祸。看了看表，十点半了，前面换乘一辆车，应该能赶到医院。

在前面十字路口，我终于又乘上了一辆公共汽车，我想这次该很顺利了吧。谁知车开了两站，一个女人突然在车厢里叫起来：“我的钱包！我的钱包不见了！”如果没有记错，这个女人我上车的时候就见到过。车厢里站立着的人并不多，怎么会钱包不见了呢？

那女人身边的一个男人也吼了起来：“司机，车上有贼！不要开车门！我老婆钱包里有很重要的东西。”

司机嘟囔一句：“这怎么办？是被偷了吗？”

有的乘客就嚷了起来：“我还有急事呢！”

那女人越发地尖叫了起来：“谁都不能下车！司机师傅，麻烦你直接开到派出所。”

乘务员嚷道：“偷别人东西的早点交出来啊！到派出所抓到

不是小罪名啊！”

车里一片混乱，女人不断地尖叫，那女人的男人也凶巴巴地吼叫着，司机只好没按规定路线走，居然真的开到一个派出所门口去了。我哪里敢跑，跑了不就是嫌疑犯了吗？结果一车人等在那里，警察上来挨个询问，也没有查出来到底是谁偷了。不过幸运的是，我的嫌疑最小，就放我先走。

我一看表，都十二点多了，怎么一路都是倒霉事？

我没再坐公共汽车，步行向海青医院走去。

因为走得比较快，也没太注意，就觉得碰了一个人，一扭头就看到一个老人家躺在地上哎哟哎哟。我连忙上去要扶这个老人，旁边一个壮硕小伙子一把揪住我，骂道：“怎么走路的！”这下麻烦又大了，这小伙子怎么也不放过我，叫了救护车，让我跟着一起去医院检查老人的身体，有什么问题就要我的命。

这种情况我哪里走得了，只好一个劲赔不是。那老头也真厉害，坐在马路边上不停地哎哟，我只能乞求救护车快来，要不那小伙子估计就要揍我一顿了。救护车来了，结果是南辕北辙，把我往和海青医院相反的地方带去。我想完蛋了，把我卖了也掏不起医药费了。

在医院折腾了好几个小时，我把全身所有的钱都掏出来了，卡上的钱也取得精光，总算那老同志没有大碍，反正我也不知道什么叫没有大碍，终于没事了，那小伙子放我走了，如果他不放我走，还要我掏什么营养费，我就只能打电话给家里了。

我从那个医院灰头土脸地出来，一看表，已经下午四点了。从这里赶到海青医院，估计医生也下班了。我摸了摸口袋，全身也就只剩下医院找零的三十块钱了，看来今天医院是去不了了，打道回府吧。

回学校的路上倒是特别的顺利，什么事情都没有发生。

刚走进校门口，就看到谢文从旁边走过来，瞟了我一眼，说：“怎么，今天没去成海青医院吗？”

我顿时头皮一阵发麻。

谢文笑了笑，说：“太幼稚了，你只会给自己带来麻烦的。”

十五 毫无踪迹

我头皮的发麻症状一直退不下去，最害怕的是想到了我的母亲，她不会出什么事吧！让谢文他们给替换成傀儡人，那可糟糕了。

我突然很愤怒地问："谢文，你要干什么？"

谢文淡淡地说："只是想告诉你，不要做些幼稚的事情。"

我盯着谢文，这个家伙我昨天晚上还看着又敬又怕，现在我对他的存在一肚子的愤怒。

我也冷冷地说："我愿意做什么，你管不着。"

谢文说："哦，我可并不愿意管你。不过呢，你不想让我管也不可能。”

我说：“我大不了去死。”

谢文轻轻地笑了下，说：“你死得了吗？”

我一时语塞，我这样子，想死还真的不容易，于是我说：“呵呵，我可以把所有的事情公布于众。”

谢文说：“有人相信你说的吗？”

谢文这个充满了嘲弄的口气和表情，我真想现在就掐死他，不过这里是在学校大门口，我不能这么干，我说道：“我可以找到B大队，告诉他们一切！”

谢文还是嘲笑般地说：“如果你能靠自己找到的话，那你就去说吧。”

我什么都不愿意再说，掉头就走。谢文也没有跟着我，我走出几十米后回头一看，谢文已经消失了。

我咬咬牙，心里骂道：“不是你们保护我吗？好得很，我就麻烦死你们！”整个晚上，我设计了上千种制造麻烦的办法，比如冲到广播台去用校园广播喊话，到楼顶上跳楼摔成肉饼再活过来，把自己手切掉然后在众目睽睽之下再长出来，把自己的头捏成大饼子在学校里乱跑。有的主意我自己都觉得很绝妙，忍不住得意地嘿嘿低声傻笑。

第二天一大早，我爬起来，比谢文更早地冲出了寝室，来到学校食堂门口。这个时候不少学生都在吃饭，我鼓足了勇气，跳上一张桌子，大吼道："同学们，你们看我！我是个怪物！"在食堂里大吼，音效特别的好，顿时大家都扭过头来。

我这个举动立即吸引了大量的学生向我望了过来，我一看大家都望着我，更加兴奋了起来，吼道："你们看我！我的嘴！"然后我把两个手指伸进口中，一左一右拼命地拉扯，嘴里还含混不清地喊道："你们看，你们看！"

我的嘴并没有跟着我的手指的用力而变形，甚至有些撕裂的疼痛感，我摇着头在桌子上又跺脚又喊叫，折腾了半天，却发现根本没有一丝一毫嘴巴能够变形的可能。

我把手垂下，看着已经围了几十号人的周围，不知道该怎么说。下面本来一片安静，见我停止了动作，猛地爆发出巨大的哄笑声！人人都指着我大笑不止！

一个男学生冲我喊道："同学，下来吧，打牌打输了吧。"

我冷汗直冒，怎么我的变形能力没有了？顿时一阵脸红，赶紧从桌子上跳下来，扒开人群飞奔而去。身后是同学们经久不息的大笑。

我冲出老远才停了下来，心中惊讶："怎么回事！怎么突然不能变形了？！"我躲在角落，又拼命拉扯自己的皮肤，结果是根本没有变形的可能，还有些疼痛。难道是这两天，我能量消耗太大？或者这两天我没有让自己变形，这种能力生疏了？我记得见到林凤山那天晚上，我还变形得一塌糊涂，不成人形。怎么今天不行了？什么时候开始的？

这让我头上冒出细细的汗珠，难道我经历的一切都只是幻觉吗？我从来没有变形的能力，也从来不存在林凤山、B 大队等那些人，都只是我的幻觉？不可能，我记忆中的情景如此的清晰，我甚至记得我从地下走到地上的时候，那一切的感觉。我定定神，向我从地下上来的那个小卖部冲过去。

在小卖部后门，那扇门还是老样子，完全就和我记忆中一模一样。我使劲拉了一下把手，门居然打开了。还是记忆中的样子，堆满了废旧的杂物，我走进去，四下张望，就听到一个人吼道："你是谁？进来干什么！"我转头望去，从旁边一堆旧物品后绕出一个中年人，把我生生给轰了出去。

我心里骂着他的娘，逃了出去，一路上怒骂着。除非我胆子够大，晚上撬门进去，要不白天是不可能进得去了。我不甘心，一溜烟地跑回寝室，寝室里没有人，周宇的声音又从隔壁传来，他们又开始打牌了，估计这帮人那天牌虫都被勾出来了。

我把书包拿出来，打开看了看，刘队长给我的手机还老老实实地躺在里面。我把门关上，给这个唯一能拨打的电话拨了出去。

没有反应，连拨打出去的反应都没有，哪怕有一个你呼叫的用户已关机的提示也好啊。好像手机根本就是个坏的，是个屏幕只会发亮的玩具。我看着这个老式的手机，这不会是我捡的玩具吧。我立即动手，把这个手机拆了，里面居然没有手机的那种电路，就一个大铁块和两节 7 号电池躺在里面。真的只是一个玩具！

我摸了摸自己的脑门，这不可能，绝对不可能，这个手机怎么会是一个玩具？一定是被人换掉了！我绝对没有记错！

我把这个玩具手机丢到床上，背着书包跑到隔壁寝室，周宇正背对着我吆喝着打牌。我把周宇一抓，说：“周宇，你记不记得……”周宇脸上充满兴奋地看着我，估计是拿了一手好牌，他不耐烦地撇了撇嘴，那样子和以前的周宇丝毫没有二异。我慢慢把手垂下，我能问他记不记得我吃了他这样的疯话吗？周宇嘟囔一声，转过头继续吆喝起来。

这就是周宇！

回忆中的一幕又一幕从脑海中闪过，没有任何不对的地方，都是那么的真实。我跑到学校广场上，看着天，阳光刺眼，一点都没有什么吸收能量的快感。人群从我身边走过，看着我这个人站在广场上，仰望着天，我实在受不了，啊地叫了起来。世界在迅速变大，整个地球，整个宇宙，我只是这么小的一个点。

我一直在寝室打转，等着谢文回来。直到中午，谢文终于推开房门走了进来，我也管不了这么多，一把拉住谢文，喊道：“谢文！都是你弄的吧！”我胡乱地揪着自己的脸，说：“我不能变形了！你别想骗过我！这都是你们弄的！”

谢文如同往常那样冷冷地把我甩开，说：“张清风，你在发什么神经啊。”

我扑上去抓住谢文，继续喊道：“你都知道，你都知道！”

谢文又挣脱开了我，骂道：“你疯了你，我知道什么啊！”

我说：“神山！神山！ B 大队！ C 大队！”

谢文躲了躲我，跑到门口，骂道："你最近天天发愣！你是不是精神分裂了？"

我一把把床上的刘队长给我的手机拿下来，说："我的手机怎么变成玩具了？"

可能是我的声音太大，隔壁几个人跑了过来，看着我在那里手舞足蹈的，连忙把我抓住，说："怎么了，怎么了？"

谢文说："突然发疯了，鬼知道怎么回事！"

我啪地一下把刘队长的手机砸在地上，吼道："谁发疯了，你们都不知道吗？我们都不是人！"

周宇也过来了，把我的手机捡起来，说："张清风，这个手机真的是你买的一个玩具。我和你一起去买的，你忘了吗？"

我骂道："放屁！我什么时候和你去买过玩具手机！"

周宇说："你说当闹钟用的啊。"

吴刚也跑了过来，拉着我的胳膊，说："张清风，你冷静一点，最近班上是有点事情挺糟糕的，现在不是弄清楚了吗，和你没有关系，没有人想害你。"

我看着吴刚，喊道："我什么时候说过有人要害我了？你搞错没有！"

谢文躲在人身后说："还是送他去医院吧。"

我骂道："靠！医院也是你们控制的！"

我话音刚落，几个同学已经把我抓住，把我向寝室外拖去。我挣扎不开，就只好吼道："你们全都蒙在鼓里！我们学校早就被控制了！请听我说！”

可惜，没有任何人听我说。

在学校医院，我被医生打了一针，慢慢地无精打采起来，不仅仅是因为我被打了针，而且是因为我知道，现在说什么都没用，只可能被大家当成疯子来对待。

一直在医院躺到下午，药劲算是过去了。班主任王老师也来了，和医生交谈了几句，走到我身边，问：“张清风，你好点了吗？”

我点点头，很明智地说：“好点了。对不起啊，王老师，我今天不知道怎么回事，很冲动。”

王老师说：“可以理解。李莉莉的案子已经了结了，和你没有任何关系，记住了吗？警察并不是怀疑你，而是找你配合破案。也没有要害你，大家不是都相处得挺愉快吗？”

我点点头，说：“对不起，王老师，我实在，不想这样。”

王老师拍拍我的肩膀，说：“你今天把大家都吓到了，不过没事的。马上就毕业了，什么事都会过去的。”

我说：“好的。谢谢王老师。”

王老师爽朗地笑了笑，转过身和医生又耳语了几句，医生点了点头。

王老师又走到我身边，说：“回寝室去吧，张清风，后天就要照毕业照，要最后聚餐啊。精神一点，别想太多。”

我点了点头，也只能点点头。

王老师带着我一路向寝室走来，不停地和我说话，他这个样子，跟我在警察局看到他的时候已经完全不同了。难道王老师和刘真的恋爱故事，也是我的幻觉吗？

我不敢问王老师任何和刘真有关的问题，一路上基本都是默默无言。

回到寝室，大家都在。

周宇走上来安慰我说：“没事的，大家这么多年同学了，有些事别放在心上。”

谢文也站起来，面色亲切地说：“知道你最近心里不太舒服，我也有做得不对的地方，别往心里去。”

陈正文看了眼王老师，也对我说：“我理解你的。”

我鼻子一酸，眼泪就要流下来。看来，这一切都是我的一场旷日持久的噩梦。

十六 大闹毕业宴会

一切似乎都恢复了正常，我再没有变形的能力，再也没有感觉到能够吸收能量，走在外面也再没有女生注意我，揪起皮肤的疼痛感也非常的清晰，没有人跟踪我，也没有警察会给我打电话，更没有人会来杀我。

我开始感到正常的饥饿，吃米饭和炒菜也没有不适应的感觉。我正常得不能再正常，普通得和我以前并没有什么两样。

我，还应该怎么做？跳楼？估计真的摔成一摊血肉模糊的烂肉了；到处去说我那些匪夷所思的故事？估计真的只有去精神病院了。我本来还非常地想变成一个正常人，而突然之间就恢复成正常人了，却有一种深深的失落。

我真的是个疯子吗？真的在疯狂的想象中过了这么长时间？一切正常一切正常，我突然意识到我再没有必要为了什么而折腾自己了。

我情绪不高，但是能够承受。接下来，一切都很顺利。

第二天，我们班上用了一天的时间照毕业照，见到了久违的班上的所有的同学。刘真的伤应该好了，尽管脸色还是很苍白，但是也一直淡淡地笑着。

晚上，大家来到了学校外的餐馆、占了一个大厅，坐了四五桌。大家都很兴奋，畅想着自己的未来，没有找到工作的同学也是信心十足地谈论着自己的计划。

我和我们寝室的同学、隔壁几个关系好的同学凑成一桌。把菜吃了一些以后，真正的大戏才开始，酒酒酒，一瓶一瓶的白酒和啤酒被拿上来。能喝酒的、不能喝酒的都敞开了喝。没有更多的理由，就只有一句话：四年的同学了，干杯！

很快，有人喝得微醉了，开始有人激动地大声吆喝，有人开始哭。越来越多的人都宣泄着自己的情感，不容易啊，四年了！马上大家就要分离，离开学校，走向不知道的未来。

周宇应该是已经喝醉了，满嘴胡话，满房间地跑着，和他的一些朋友一杯接一杯地干啤酒，拉着几个人扯着嗓子唱歌。“朋友啊，朋友，你可曾想起了我。”“明天你是否会想起，曾经最爱哭的你。”“睡在我上铺的兄弟，分给我烟抽的兄弟。”很多人都哭了，没有哭的眼睛也都红了。

女生们围在一团，几个人已经抱在一起哭成了泪人。没有人阻止这一切，包括陪同的几个老师，也只是忙着照顾要吐的男生。曾经，刚进大学的时候，见到一些毕业生站在酒店门口抱头痛哭，还觉得诧异，现在轮到我们了，才真正体会了毕业生的心情。

因为，对未来一无所知；因为，对命运无法猜测；因为，大学生涯结束了。

我自然也没有幸免，在几瓶啤酒下肚以后，脑筋也顿时不太灵光了起来。我哭得格外的痛快，结束了，结束了！我的大学结束了。不仅因为我的大学，更是为了我在最后一段时间里噩梦般的一切。

周宇摇摇晃晃地走到我身边，提着一瓶啤酒，给我杯中加得满满的，把我的肩膀一搂，眼睛直直地盯着我，说："兄弟，你要保重啊。"

我也伸出手勾着周宇的腰，把杯子举起来，激动地说："我们还会见面的！"

周宇嘟囔着，说："会的，一定会的，老子五年之后，开车来找你玩。"

我说："我相信！说好了啊，五年后坐你的车！"

周宇说："好！干！"一仰脖子就把酒干了。

我也不示弱，一口干了！周宇见我也喝了，使劲地抓了抓我的肩膀，说："可惜，李莉莉死了。要不，我一定找机会向她表白。"

我"嗯"了一声，说："你喜欢李莉莉？"

周宇说："喜欢。其实我一直在吃赵亮的醋。"

我笑了笑，说："还说这个干什么啊。"

周宇拍了拍我，说："我也吃过你的醋，别介意啊。"转头就走。

我有点想吐，一直有口酒想往上翻动，我强忍住，喝了两口甜羹压了压。突然就感到一阵心酸，李莉莉、赵亮死了吗？李学高也可能再也见不到了！李立嘉的失踪现在还没有解释。这些难道也是幻觉吗？这些惨烈的事情，不都是真的吗？

我胸口郁闷，难受地坐了下来，陈正文却已走到我的身边，坐在我旁边，把杯子里的酒分给我一半，说："老三，还好吗？"

我很逞能地说："能喝，我们干！"我说着就把杯子举了起来。

陈正文和我碰了下杯子，说："老三，借你的钱……要晚点才能还你了。"

我马上打断他，说："老大，说什么呢。不用还了！"

陈正文尴尬地笑了笑，说："你可能知道，我有的事情瞒着你。我是不敢说，我害怕，真的。"

我脑海中浮现出陈正文的一幕一幕，在派出所中他承认是自己杀了李莉莉，为刘真顶罪，他真的很伟大。他找我借钱，给刘真打胎，这不是假的，这都是实实在在的真实。要不是陈正文说起借我钱的事情，我好像已经把这一切都忘了。

我看着陈正文，说："老大，别说了，我理解你。"

陈正文说："让一切都过去吧！"一仰脖子，一饮而尽。

我跟着他喝掉了杯中酒，陈正文拍了拍我，走开了。

我再次激烈地想吐，看来已经到了我吐的时候，我还是强忍住了。但是，我的眼泪再次涌了出来！这些可爱又可怜的同学！他们什么都不知道吗？他们的未来是不是一个又一个地死去，一个又一个地离开我？

耳边嘈杂的声音开始远去，朦胧得好像只是梦中的声音一般，他们的喜怒哀乐都变成遥远的挣扎。我们在干什么？就这样被人利用着度过一生？明明已经死了，却还一模一样地出现在大家面前？为什么呢？为什么呢？

这不是幻觉，这不是幻觉！哪怕就算是幻觉，我也要告诉大家这一切！

我挣扎着站了起来，向着人聚得最多的一桌走去。刚走两步，旁边冲出来一个人，把我一拉，我一看，是大头吴刚。他拎着一瓶酒，一把把我拉住，就把自己手中倒满了酒的杯子塞给了我，有点激动地说："张清风，我一直很后悔！李莉莉死的那天晚上，我是真的看错了！我不该那样说的，我当时……"

我按住吴刚的肩膀，说："你别说了，我求你！我没有怪任何人！"一仰脖子，一饮而尽。吴刚也没有再说什么，拿起啤酒瓶喝了起来，我拉他，说："别，慢点。"吴刚根本不理我，咕噜咕噜地一个劲喝着。我再不想阻止他。

我记得我吃掉周宇的时候，周宇说就是他冒充了我，穿了我的衣服。

这怎么可能会是幻觉？难道大家都有幻觉了吗？

我没有想吐，只是多了一股巨大的勇气，我再没有看吴刚，径直向人最多的那张桌子冲去。

我扒开人，噌的一下跳上了桌子，大吼一声："大家都听我说！"

大家都愣了，所有的目光向我聚过来。有人喊道："张清风，你下来！你喝多了！"说着就有人拉我的裤腿，我猛地一脚，把桌子上的几个盘子踢飞，吼道："我没醉！大家听我说！我们班上的人全部都不是人！真的！全都不是人！请相信我，请相信我！"

短暂安静了一下，有人就又冲过来想把我拉下来。这个时候谁还能把我拉下来！我猛地一扭头，谢文正一脸死灰地站在旁边，我把谢文一指，歇斯底里地吼道："他！谢文！是我们班上的管理员！他知道一切！我们班上的所有人，都是他的玩具！"

一片大乱，我继续语无伦次地吼叫着，把桌子上的碗筷全部踢飞，竭力地不让人把我拉下来，我只觉得脑袋中一片灰白，好像没有意识了一般，只是吼叫着，吼叫着。眼前的一切都模糊了起来，我只看到四周的一切都变成光和雾的重影，一切声音都如同糨糊一样混成一块儿，只有嗡嗡嗡的响声。

一切，越来越模糊，直到一片惨白色涌来，我就什么都不知道了。

……

窗外的阳光照射进来，我"哎哟"一声坐了起来，额头还在冒汗。身边的蒋玲也"嗯"了一声，慢慢地坐了起来，扶着我的肩膀，说："清风，你怎么了？"

我把额头上的汗擦了擦，转过头微微冲蒋玲笑了笑，说："没事，我做了一个梦。"

蒋玲光滑的身躯靠上我的背，她温柔地抚摸着我，说："怎么，又做噩梦了？"

我说："也不是噩梦，而是我梦见了我大学毕业那会儿，我的一些荒唐事。"

蒋玲笑了笑，说："就是你以前和我说过的，你们班上大学毕业前，发生了凶杀案，你受了刺激，出现幻觉的事情吗？"

我回过身，轻轻地把蒋玲搂住，说："是的。我很长时间都没有想过这件事情了，突然梦到了，还是挺后怕的。”

蒋玲“嗯”了一声，温柔地说：“都过去了，别想这么多了。你还要睡一会儿吗？现在才六点。”

我转头看了看床边书桌上的电子钟，的确才六点刚过。我笑了笑，说：“不睡了，睡不着了。你再睡一会儿吧，我去买早点，一会儿叫你起来吃饭。”

蒋玲甜甜地笑了笑，说：“好的，我再睡一会儿，你昨天晚上太厉害了。”

我坏笑了一下，说：“睡吧，睡吧。”

我穿好衣服起来，洗漱完毕后，拿着饭盒走出房门，轻轻地把门带上。

今天早晨的天气特别好，尽管入秋了，微微有点凉，但是在这个山谷中，空气格外的好。我伸了伸懒腰，自言自语道：“早上好啊。”

怎么梦到大学毕业的时候的事情了？也真是奇怪呢。都是两年前的事情了，在梦中还是这么清晰。身后有人叫我的名字，我转过头去，看到一个人穿着一身运动服，向我走来。

我笑着应了声，说：“谢组长，也这么早啊。”

十七 蓝色的斑

谢文笑脸盈盈地走了过来，拍了拍我的肩膀，说："应该说很少看到你这么早起来呢。"

我笑了笑，想想也是，自从和蒋玲确定恋爱关系并同居以后，我已经很长时间没有这么早起床了。

我说："是啊。"

谢文和我并肩向食堂走去，边走边说："还是别叫我什么谢组长了，叫我谢文就是了。"

我笑着说："谢组长就是谢组长嘛。单位要求这样的。"在这个光明集团，等级制度比较严格，有点半军事化的感觉，在公开场合一定要这么称呼才行。谢文上个月刚刚提升为工艺流程车间的组长，是我的顶头上司，我觉得谢文是理所应当得到这个组长的位置的，他在工作中的表现的确很出色。

谢文笑了笑，不再说这个话题，问道："今天怎么这么早呢？不会是蒋玲把你踢下床了吧。"

我连忙说："不是，不是。我只是做了一个梦，就睡不着了。"

谢文"哦"了一声，说："什么梦？"

我四下看看，周围没有什么人，于是小声地说："梦到我毕业那会儿的事情了，还是挺后怕的。"的确，这个梦让我很后怕。

毕业时候大闹了一场以后，我在家里的安排下，由我那个表叔帮忙，替我找了很不错的心理治疗医生让我住院接受治疗，好不容易才将自己心理中的阴影给打消掉，知道都是我精神不稳定造成的。连母亲也专程来燕北陪我在燕北住了一个月的医院。本来我以为我这个光明集团的工作也丢了，没想到这个单位一反常态地还是在我出院以后允许我来单位报到。我来到这个单位以后，仍然保持着和心理治疗医生的按月沟通，一年来，我已经完全恢复了正常，治疗也终止了，再也不去想大学毕业的那些稀奇古怪的事情了。

谢文说："哦！快别说了。你要知道，你当时把大家都吓坏了。"

我摸了摸自己的脑袋，尴尬地说："还是要谢谢大家呢。"我住院了以后，不少同学都来看过我，给了我很多安慰，谢文、刘真、吴刚、赵桂花几个已经到光明集团上班的同学，每个星期都来看我，这些同学的热情和关爱，是我快速康复的保证。

我接着说："只是没想到，居然又梦到了。我本来都快忘了的。"

谢文说："看来你已经能够很洒脱地面对过去了。"

我点点头，谢文说得没错，尽管我对这个梦很吃惊，也有点后怕，但是就算是梦得如此真实，我也不会怀疑那些幻觉是真实的。

早餐的香味已经可以闻到，我和谢文不再说这个话题，有说有笑地向食堂里走去。

光明集团果然是个很好的单位，员工福利做得特别的好，每个单身员工都有自己的一室一厅的单身寝室，伙食也是非常好，并且是免费的。只是有点偏僻，在一座大山的山谷中，有一条宽大的马路弯弯曲曲直通单位大门。因为没有公共汽车能够直达单位，每天单位都有一趟班车往返城市一次，周末的时候则有三趟。因为从单位到城市，坐车要接近两个小时，所以如果没有特别的事情，大家都选择周末待在单位娱乐。光明集团管理很严格，对考勤查得比学校要严很多倍，迟到、早退、没有正当事由请假、旷工，都会被严格批评和处罚，最严重的是立即开除。还好我这个人比较听话，所以在光明集团的生活特别的平静和开心。

我和谢文在食堂吃着早餐，又碰到了刘真、赵桂花和吴刚，今天可真是巧啊,居然我们班上的同学都聚齐了。我们五个人坐在一起，吴刚招呼着，说："今天可真巧啊，我们 2002 届应化班早餐大聚会啊。"

谢文说："那是，那是，上次我们五个人早餐聚齐，都是一年前的事了吧！"

刘真也笑了笑，说："倒是老碰到谢文，张清风和吴刚都比较少见。"

吴刚哈哈笑了笑，说："我还是喜欢多睡一个小时，六点多就出来吃饭，你们都不困啊。"

赵桂花微微笑了声，说："早睡早起比较好的，吴刚你也该早起。”

吴刚冲我哈哈笑道：“别老说我啊，张清风可比我还懒的，最难碰见的可是你噢。”

我连忙说：“我老是夜班的！”

两年了，我们五个人变化都挺大的。刘真和我的关系早就恢复到了正常，而且也恢复到了开朗的性格，整个人变得特别有女人味，追求者很多。吴刚变化不大，就是变得有点花心，追求了单位里不少的女生。赵桂花性格也开朗了很多，变得开始越来越有自信了，尽管还是不太好看，不过打扮一下还不至于像我们大学时代说的那么寒碜人，而且现在也有一个追求者。变化最大的可能就是谢文了，他一改大学时候低调冷漠不苟言笑的样子，脸上总是带着和蔼的微笑，说话也不像大学时代那样咄咄逼人了。当然，我也是有变化的，经历了毕业的那段疯狂时间，我慢慢开始勇于表现自己，人也自信了起来，这估计和那位和善的心理医生有关。所以，我在单位渐渐变成比较讨人喜欢的那种，蒋玲能够喜欢我，也是有一定原因的。

特别要提一下我现在的“老婆”蒋玲，她也是2002年和我们一起来到光明集团参加工作的，是燕北另外一所化工大学的学生。蒋玲她们学校一共只分配过来两个女生、一个男生。我和蒋玲能够认识，也是纯属巧合，是一次单位组织我们这些单身汉参加舞会，我和她都迟到了，碰到一起就一起跳了两支舞。蒋玲跳舞很好，我则是笨手笨脚的，把她的白皮鞋都踩脏了，这样就慢慢交往了起来。和我住在一起，还是最近两个月的事情。

光明集团特别鼓励本单位员工内部恋爱。工会里有几个大妈级人物，天天就是想方设法地让单身男女互相认识，她们开玩笑地说，让单位里的男女青年恋爱，是政治任务，撮合了多少对是有硬指标的。所以那个吴刚谈了一个又一个女朋友，变得花心，也少不了这些大妈的功劳。这些大妈最难啃动的硬骨头，就是谢文，谢文无论如何也不愿意谈恋爱，他给自己的理由就是，谈恋爱了工作就会分心。

不管怎么说吧，能加入光明集团真的是我的幸运，日子过得平静又安详，每个月的钱都花不了几个，一大部分都寄回家里去。

我们几个在 2003 年夏天和班上留在燕北的同学聚了一次。周宇在一家化工品进出口公司工作，据他所说，天天像畜生一样辛苦，钱还赚不了几个；还有几个同学也是对我们这些加入了光明集团的人羡慕不已，都说我们上辈子肯定积德了，才这么好运；陈正文去了南方，没有什么消息，据说混得一般；李立嘉的情况据周宇说，他没干他爸给他安排的工作，而是借他家的关系自己当了小老板，有钱得很。

有时候，见到这些同学，也慢慢地陌生起来，大家没有特别的事情也不会联系。走上社会了，有些感情就越来越淡了，要好的也就只有那几个。

食堂的人也慢慢多了起来，光明集团的员工很多，全部加起来有近两千人，几乎全部都是住在单位的，集团占地面积很大，又有钱，在工厂后面盖了大量的住宅楼，标准的都是一百平方米一套。如果我和蒋玲结婚了，就会从单身寝室搬出来，住到这些单位分配的房子里去。

我们五个人东拉西扯地边吃边聊，走的时候食堂已经坐得很满了。我让谢文他们先走，转回头排了会儿队给蒋玲打了一份早餐，拿了她最爱吃的红枣发糕，才回到寝室。

我推开门，蒋玲还在睡。我把早餐放在桌上，轻轻地压在蒋玲身上，说：“小懒虫，快起床吧，粥要凉了。”

蒋玲伸了伸懒腰，慢慢地坐起来。她不喜欢穿衣服睡觉，所以身上毯子一掉，整个人就光溜溜地呈现在我面前。蒋玲身材非常非常的棒，她整个上身一裸露出来，我就下身又挺立了起来。蒋玲搂着我的脖子，撒娇说：“老公真好！”

我摸着她光滑的背，克制住自己的冲动，说：“好了，好了，快穿上衣服，刷牙吃饭。”

蒋玲“嗯”了一声，拿过床边的衣服，穿好了以后一摇二摆地去卫生间了。

我感觉很幸福，蒋玲这个小妖精在我身边，我生活过得很充实，我们两个也觉得相处得很好，如果没有什么意外，我打算 2005 年就向蒋玲求婚。

在光明集团这个地方，生活没有什么压力，所以，很多人在这里结婚都很快。看来我也是不能免俗的。

蒋玲洗漱完出来，坐在我身边美美地把早餐吃了。看样子又来了精神，很妩媚地向我一笑，说：“老公，我们再做一次好不好？”

我看了看桌上的电子钟，说：“不早了呢，还有四十五分钟就上班了。”

蒋玲身子已经暖暖地靠了过来，她没有穿内衣，甚至也没有穿内裤。整个身体就是一个大大的 T 恤衫。她撒娇地说：“我们快点啦。”

早晨起来做爱并不是第一次了，蒋玲很喜欢早上做爱。我也顾不了这么多，三下五除二就把彼此脱了个精光，激烈地性爱起来。

蒋玲也喘着气，说："你怎么总是这么厉害，讨厌死了。"

我轻轻地摸着蒋玲的后背，享受着刚刚射完的疲累感，并亲吻着蒋玲的背部。

我眼睛一亮，看到蒋玲的背上正中间有个小小的蓝色斑点，我摸了摸，像是长在肉里面的。这个蓝色的斑看着挺奇怪，似乎从皮肤下还透出一丝金属的光芒。

我说："哎，你背上长了一个斑呢。"

蒋玲惊讶道："什么？长包了？"

我说："不是，是一个斑呢。皮肤下面的，不大。"

蒋玲背过手去，我牵引着蒋玲的手，让她的手按在这个斑上面。蒋玲按了按，说："我感觉不到什么啊。"

我说："摸不出来呢。"

蒋玲转过身来，说："讨厌啦，你吓唬我呢。"

我笑了笑，说："应该没事的啦，可能是色素堆积吧，不疼吧。"

蒋玲说："不疼。"

我拍了拍蒋玲的屁股，说："没事的。"我抬起头看了看时间，还有二十分钟就要上班了，我从蒋玲身上爬起来，扯掉避孕套，从枕头边抽了几张纸擦了擦，说："不早了，我要走了。快迟到了。"

蒋玲说："今天我十点钟的班，晚上九点下班，还不着急，你先走吧，别迟到了挨批。"

我笑了笑，说："你可别又睡着了哦！"

蒋玲娇哼了一声，说："讨厌啦，你以为我像你啊。"

我在八点差三分的时候赶到了岗位，迎面见到了谢文。谢文笑了笑，说：“起这么早，还这么晚。”我脸微微红了下，哈哈笑了两声，也不说话。

晚上我在寝室按照往常给蒋玲打了晚饭。自从她和我同居以后就不在岗位上吃晚饭，而一定要回来吃我给她打的晚饭。按平时的时间，蒋玲应该很快就回来了。可是，今天左等右等，蒋玲还是没有回来，都已经过了正常时间一个多小时了。

我有点忍不住，拿起房间里的内部电话，给蒋玲的精细化工办公室打了个电话，结果被告知蒋玲一个多小时前已经走了。

我心里发慌，除非碰到什么特别的事情，蒋玲绝对不会在外面耽搁一个多小时，连个电话也不打回来的。

我把我能想到的蒋玲可能去的地方都打了电话，但是都说蒋玲没有来过。我实在坐不住了，正要走出寝室去找蒋玲，房间里的电话刺耳地尖叫了起来，我赶忙冲过去，将电话接了起来。电话里头是一个女生的声音，那女生焦急地说：“张清风吗？你赶快过来，蒋玲昏倒了！”

十八　连续不断

我赶到单位医院，见到了正躺在床上不省人事的蒋玲，她的几个同事已经陪同在她身边。一个医生和护士，忙忙碌碌地准备着各种针剂。

我跑上去，心急如焚地问那几个同事："怎么会这样？发生什么事情了？"

其中一个说："不知道啊，发现她的时候，她躺在 4 厂区的空地里。"

4 厂区是蒋玲回家的必经之路，由于绿化得比较好，整个 4 厂区非常安静，如果没有什么特殊的事情，没有人会在 4 厂区逗留多长时间。特别是晚上，更是没有人逗留。

我问道：“什么？谁发现的？”

那女同事说：“巡厂员，他看到了就按蒋玲的胸卡给我们打了电话。来医院的路上就给你打了电话。”

我跺了跺脚，愁道：“怎么回事啊！她没事吧。”

戴口罩的医生转头对我说：“现在还不清楚，深度昏迷，但是身体反应一切正常。”

我拉着医生继续问道：“是什么病吗，还是被人袭击了？”

医生说：“身上没有任何伤痕，脉搏也很稳定。对了，病人以前有突然昏倒的历史吗？”

我想了想，摇了摇头，说：“应该没有。”

医生说：“观察一下吧。你们留一个人在这里。”

病房中剩下我一个人，我坐在蒋玲的床边，抓着她的手，心乱如麻。蒋玲到底是怎么了呢？不会出什么事吧？她到底碰到了什么？

整个晚上，蒋玲都没有苏醒。我向谢文请了假，继续陪着蒋玲。

蒋玲的领导和其他同事、厂里的保卫科的人也赶来了。医生又查了整整一个上午，仍然毫无结果。中午的时候，谢文、吴刚、刘真、赵桂花四个也请了假过来看我，不断地安慰我，说没有事的。但是，我心里却越来越着急，蒋玲始终没有苏醒的迹象，整个人就那样像睡着了似的躺着。

下午医院派人来给蒋玲做了更多的检查，也做了一些大型仪器的检测，结果令人揪心，蒋玲身体机能等一切正常，大脑甚至也是在活动着，没有脑死亡的迹象，但是就是不明所以地无法醒来。做过一些物理方式的刺激，身体也有神经反应。

医生说：“这种情况很奇怪，好像丢了魂似的。”当然，这是医生被我纠缠得受不了，又无法给我任何准确的解释，只好给了我这么一个牵强的理由。

晚上，医院住院部又喧闹了起来，又一个昏迷者被送了过来，症状和蒋玲一模一样，沉睡不醒。

以后的十几天，越来越多的昏迷者被送进了医院，都是年轻人，年龄最大的只有三十岁。总数超过了四十个，光明集团派了专门的一批护士来看护这些昏迷者、并将他们集中在一起。

整个集团也越来越奇怪，整个厂区被封闭了，只准进，不准出。而且，光明集团一直以来是半军事化的管理，严禁随便往外打电话，这让我没有办法通知到蒋玲的家人。因为集团这样的做法，让昏迷者的朋友和家人反复地要求将病人送到市区的大医院检查，几次都与负责看护昏迷者的医生和保卫科的人大吵起来。

这种状况已经变成了一种恐慌，蔓延在整个厂区，谁都不知道下一个将是谁。更让我心惊的是，赵桂花也昏迷了，接着是吴刚也倒下了。在二十天内，昏迷者达到了八十人，人数越来越多，也越来越快。

更让人恐慌的是，我们发现，整个厂区突然被军队包围了。密密麻麻地包围着，三步一岗五步一哨，任何人接近都会被严格禁止，如果敢再靠近，那些士兵就会端起枪指着你，粗暴地吼着，让你后退。

这段时间把我折腾得魂不守舍，每次看到蒋玲安静地躺在床上，都会有想哭的冲动。这到底是怎么了，蒋玲他们到底发生了什么？

第二十天的晚上，我陪着蒋玲，双手紧紧地抓着她的手，她的手仍然很温暖。我忍不住地流下了眼泪，嘴里轻轻地念叨着：“玲，你到底怎么了，你醒醒啊，醒醒啊。”

没有任何的反应，蒋玲丝毫没有动弹，我抓着蒋玲的手，让她的手抚摸着我的脸，心里不断地祈求着，哪怕让我知道这是怎么一回事也好。

慢慢地，我突然涌起一种奇怪的感觉，蒋玲的手贴着我皮肤的地方，有点微微地发麻，我觉得我的思维有形有质地游动了起来，从蒋玲的手上钻了进去，沿着她的经脉游动着。很快，就在脑中浮现出奇怪的影像来。这是从蒋玲的眼中看到的世界！我尽管吃惊不已，但是没有中断这种感受，我压制着自己激动而畏惧的心理，不断地暗念着：玲，你怎么了？你怎么了？

脑中的影像开始变得有颜色起来，同时，开始听到了好像从非常遥远的地方传来的和画面配合的声音。

我快速地在蒋玲看到的世界中搜索着，终于看到了这样的一幕：

蒋玲正在 4 厂区独自行走着，这条路上还有不少人也向同一个方向行走着，并没有蒋玲认识和熟悉的人，这个时候有一个人叫蒋玲的名字，蒋玲回过头，看到了两个人，谢文和刘真。

我的心激烈地跳动着，画面抖动了起来，声音也听不清楚了。我强忍着，努力让自己心情平静下来，画面继续着。刘真说：“蒋玲，我是张清风的同学刘真。”蒋玲回答：“我记得，我记得，有什么事情吗？”谢文说：“想和你说些张清风的事情。”蒋玲说：“啊？什么事？”谢文说：“我们这边说。”蒋玲跟着他们走到一边，旁边没有什么人了，只有他们三个，刘真说：“不好意思啊，要委屈你一下。”然后蒋玲就摔倒在地，画面一黑。

我立即紧张起来，努力地想从这片黑暗中再看到什么，但是画面始终保持着黑暗，却有另一种感觉浮现了出来。是一种好像自己要被抽取出去的感觉，有能量从蒋玲的体内汇集起来，然后被猛地提出了蒋玲的身体。

到这里，我的思维也被猛地从蒋玲体内退了出来。我松开蒋玲的手，心中乱跳不止，身子一软，跌倒在地。我挣扎着爬了起来，坐在椅子上，身上仍然冷汗乱冒。刚才是幻觉吗？但是，我知道那绝对就是蒋玲的记忆，因为在刚才的感觉中，我清清楚楚地知道绝对就是蒋玲的。

很难解释，但我绝对相信。

大学毕业时候的记忆再次在我脑海中翻腾起来。我清楚地记得谢文曾经干过的那些事，我在这两年里早已坚信这就是幻觉和幻想。但是，看到蒋玲的记忆后，我的心理防线开始被撕裂，越来越多的往事涌到我的眼前，那个学校地下巨大的被称为中续站的基地，我自己的变形能力，刘队长、B3、麦子、山猫、灰色制服等的一切！

我轻轻地惨叫一声，抱住了自己的脑袋。

许久之后，我眼睛通红地抬起头，看了看躺在床上的蒋玲，缓缓地站了起来，走出了病房。看守的人问我去哪里，我冷冷地说："累得受不了了，我想回去睡觉。"

那看守挥了挥手，示意我离去。

我并没有回我自己的寝室，而是直奔谢文的寝室。敲了半天门，并没有人。我又冲到刘真的寝室，也是没有人。我的脸扭曲着，眉头紧紧地皱成一团，我记起来今天谢文是夜班。

我三步并作两步，来到我熟悉的化工车间，咚咚咚地冲上了二楼。巨大的搅拌机从二楼的铁栅栏向下看去，还在飞速搅动着泥浆一般的物质，力量之大，任何物体掉落进去都会被卷成稀泥。

我冲进了控制车间，谢文和两个同事正坐在椅子上，看到我一脸怒气地冲进来，都站了起来。我喘着气，虎着脸，眼睛瞪得巨大，沉声说："谢文，我找你有事。"

谢文笑了笑，说："怎么了，你不是请假照顾蒋玲吗？"

我斜着眼睛看着他，冷冷地说："不用了，我想和你谈谈。"

一个同事说："张清风你没事吧！"

我冷冷地说："没事。谢文，你跟我出来。"

谢文向两位同事示意了一下，对他们说："你们坐着，我跟他出去。"说罢就向我走来。

我一扭头走出控制车间，谢文在后面跟着我，我从二楼绕过控制车间，走到没有人能看到的车间角落。脚下巨大的搅拌机发出撕裂一般的吼叫声，如同我的心情。

我转过头去，死死地盯着谢文，说："谢文，你对蒋玲干了什么？"

谢文说："哦？你是什么意思？"

我说："蒋玲昏迷的那天晚上，你是不是和刘真在4厂区见到蒋玲了？"

谢文说："我不明白你的意思。你凭什么这么说？"

我说："谢文，谢组长，谢管理员！你当我不知道吗？"

谢文看着我，突然脸色一冷，说："你知道了什么？你怎么知道？"

我哈哈笑了两声，说："谢文，我从蒋玲的眼中看到了！你不用管我是怎么做到的。”

谢文冷冷地说：“是吗？你看到了蒋玲的记忆？”

我说：“是的。你想告诉我这又是幻觉吗？”

谢文慢慢地说：“不会。如果我告诉你，你说对了，你要怎么办？”

我说：“至少，我要杀了你。”

谢文呵呵笑了两下，轻蔑地说：“杀了我？好啊，你杀啊。”

我被谢文这个表情一下子激怒了，我嗷的一声冲过去，双手猛地掐住了谢文的脖子，嘴里吼道：“杀了你！杀了你！”

谢文用手费力地拉住我的手，但是并没有能够把我的手拉开。他并没有恐慌的表情，只是艰难地说：“你掐死我，我照样会复活，我死不了的。记得那个刘队长说的吗？”

刘队长的确也认出过谢文，说谢文是他死去的一个同事，而且谢文也承认了，难道谢文真的能无限次地复活吗？

我手上并没有松劲，而是加大了力量。

谢文说话更加艰难，而奇怪的是，他只是笔直地站着，他说话越来越艰难，也开始翻起了白眼，他从嗓子眼中慢慢地挤出一句话：“你、想让、蒋玲、醒过来、吗？”

十九　因为自己所以困惑

我瞪着眼睛看着谢文，嘴上哼道："你说什么？"说着，我的手上的劲其实已经放松了，让蒋玲醒过来，对我来说，比掐死谢文更加重要。

谢文脖子上的压力一缓，咳嗽了两声，重复了一遍："你想让蒋玲，醒过来吗？"

我骂道："谢文！你别要什么花样！"

谢文说："你知道，我说的是真的。你松开手，听我说。"

我狠狠地看着谢文，心中犹豫了一下，但还是慢慢地松开了手。谢文弯下腰，激烈地咳嗽了几声，抬起头来看着我说："能让蒋玲醒过来的，只有你才行。"

我说：“什么意思？你让蒋玲昏过去了，怎么叫只有我才行？”

谢文说：“我并不能确定你一定行。”

我骂道：“废话！”

谢文说：“蒋玲的昏迷是因为她失去了自我意识，也就是说她现在和植物人一样。”

我骂道：“为什么会这样，你到底做了什么？”

谢文说：“你应该记得大学里我和你说过的话吧，蒋玲也是太岁人，我们将她体内的太岁取出来并销毁了，附带着她的自我意识也被太岁引导出来，所以会变成这样。”

我说：“为什么要取出来？”

谢文说：“我只是按照神山的指示行事而已，指示不断地发过来要销毁的太岁人名单，我们就去这样做罢了。”

我骂道：“你不要把什么责任都往什么神山上推！我现在根本不信任你。”

谢文说：“如果非要说的话，我只能告诉你，这指示是OTT指示，就是销毁指示。这种指示是主要针对有可能出现太岁通信的能力的太岁人的。”

我说：“蒋玲能够太岁通信？什么意思？”

谢文说：“记得我曾经说过的那个神山内部的反叛组织深井吗？他们就是希望太岁人之间能够自由通信，打破神山的封闭。只要发现，就必须销毁。”

我说：“我能够看到蒋玲的记忆，这就是太岁人之间的通信？”

谢文说：“是的。太岁的通信能力，不仅对太岁人有效，也对普通人类有效。”

我说："那你是不是也应该销毁我了？"

谢文说："哦，至少我没有接到要销毁你的指示。"

我骂道："少废话了！我不想听你说这些乱七八糟的东西。你说怎么让蒋玲醒过来？"

谢文说："很简单，就是你要尝试着将你的自我意识分给蒋玲一些，那她就会醒过来。"

我说："什么？我把我的自我意识分给蒋玲一些？"

谢文说："你应该能够做到。"

我说："你们能取出别人的自我意识，就不能再输入进去吗？"

谢文说："这个我不知道，神山的指示只告诉我，你能做到。"

我盯着谢文的眼睛，他也看着我，丝毫没有撒谎的样子，他显得很平静，好像已经忘了我曾经差点掐死他的事情。我内心挣扎了一番，这到底是谢文的圈套，还是出于其他的目的？

我长长喘了口气，说："好。那我怎么能够做到？"

谢文走过来，在我身边缓缓地说了起来。

我和谢文来到蒋玲的病房，蒋玲还是安静地躺在那里，如同一个睡美人一般。

我坐到蒋玲的身边，把她的手紧紧握住，我看了谢文一眼，谢文冲我点了点头。

我闭上眼睛，仔细感觉着蒋玲的存在，并按照谢文所说，让自己的思维集中在我握着的蒋玲手上。很快，发麻的感觉又出来了，我的思维又从蒋玲的手中沿着她的经脉钻了进去，迅速融入了蒋玲的记忆中。

我按照谢文所说，让自己的心中一片清明，不断地默念着："我是谁？我是谁？"持续了很长时间以后，我的心中升起了一团模糊的东西，我知道那就是我自己。我引导着这团模糊的东西，要求它旋转起来，它果然就很听话地旋转起来，我又要求它分裂出一个适合蒋玲的自我意识，这团模糊的东西就无形无质地通过我联系上了蒋玲的记忆。

随即，这团模糊的东西开始分裂，分裂出了一个只有三分之一大小的另一团模糊的东西。我没有想到这么顺利，继续按照谢文所说，要求这团分裂出的较小的东西进入蒋玲的体内。

这团东西就飞速地沿着我的手钻进了蒋玲的体内，我的思维在蒋玲的体内接住了它，让它发散开来，和蒋玲的记忆融为一体。这团东西慢慢地铺散开来，很快就消失不见了。

我的思维也随即从蒋玲的身体内退了出来。

我张开嘴，猛烈地呼吸了半天的空气，才敢把眼睛睁开，眼皮仍然不断地跳动着。这种感觉我真的很难形容，也很难描述，一切都是感觉而已，是一种不属于任何物质特征的情况。所谓的一团模糊的东西，那其实也并不存在，只是我认为它是一团东西罢了。

我睁着眼睛，张着嘴，脑袋中一片空白，半天才回过神来，我好像干了一件大事！

我转过头看着谢文，谢文也正在看着我，我不知道该说什么，回过头看着躺在床上的蒋玲。她似乎还是没有任何的反应，我探起身子，在蒋玲耳边低声地呼喊："蒋玲，蒋玲，你能听到吗？"

蒋玲还是没有反应，我并没有放弃，反而觉得我应该成功了，我不断地低声喊着，甚至吸引了护士、看守的注意，向我这边靠拢过来，但并没有接近。我并不在乎他们在不在，仍然不断地呼喊着蒋玲的名字。猛地一下，蒋玲的眼皮轻轻地颤动了一下，我靠蒋玲的脸如此的近，我立即就发现了这细微的颤动。我兴奋地站起来，双手抚住蒋玲的脸，声音也大了起来："蒋玲，蒋玲，你醒醒，你醒醒！"

蒋玲的眼睛颤动得越来越快，甚至整个脸庞的肌肉都在运动着，随后蒋玲的眼睛猛地睁开了。

我激动得眼泪差点就流下来，大喊着："蒋玲，蒋玲！"

蒋玲眨了眨眼睛，将视线集中在我身上，嘴角嚅动了一下，说："我怎么了？"

我一把将蒋玲抱住，眼泪直流，说："太好了，你醒了！你醒了！"

蒋玲苏醒的消息立即传遍了整个医院，还没有等蒋玲坐起身来，蒋玲的床边已经围满了人，还有更多的人不断地跑来。

我回头看去，谢文已经不见了。

医生问了我无数遍蒋玲怎么突然醒过来的，我到底干了什么。我只是说我握着蒋玲的手，感觉到她的手有些颤动，就觉得她可能要醒了。

蒋玲和平时并没有什么两样，从她醒过来以后，很快就恢复了正常，除了身上无力以外。她并不记得自己是怎么昏倒的，她的记忆停留在走在 4 厂区的路上，按她的描述她走在 4 厂区的路上，只是眨了一下眼睛，再睁开就躺在床上了。我觉得奇怪，我明明在蒋玲的记忆中看到了她经历的一切，怎么她自己却记不得了呢？

蒋玲立即被转移到了单独的病房，医生护士二十四小时守在蒋玲的身边。我也陪在她的身边。医生以为蒋玲是第一个昏倒的，既然第一个醒过来，那么其他的病人是不是也会陆续醒过来？但是，医生的判断错误了，从蒋玲醒过来以后的两三天内，没有任何人有一丝一毫的苏醒的迹象。医生百思不得其解。当然，我知道是怎么回事，不过我不会说的。

因为蒋玲是单独的病房，我这两天也哪里都没有去，就在病房里陪着她。谢文也再没有出现在医院，我请假也是破例地由车间主任特批，而不是往常那样，我要向谢文请假。我也不愿意再去找谢文，救醒了蒋玲，我反而害怕碰到谢文这个人了。

因为谢文又说对了，我真的让蒋玲醒过来了。而我也知道，我能够用同样的方法，让其他人也醒过来。但是，不知道为什么，我特别特别害怕我再次这样做，因为眼前的这个活生生的蒋玲，我总是觉得就是我本人。

但是，蒋玲就是蒋玲，一言一行、一举一动都是那个我以前喜爱的蒋玲，我最多是给予了她一些我也说不清楚的东西，让她重新发动了起来。我怎么会认为蒋玲是另一个自己呢？这种想法让我觉得诧异。

这个困惑围绕着我，蒋玲很关心地问过我多次怎么了，我几次都想问问蒋玲是不是也觉得她就是我。但是看着她的眼睛，我知道问她也没有用，她就是她，她并没有觉得自己和昏迷前什么不同。我曾经恐慌地认为，真正的蒋玲应该已经死了。这个蒋玲，也许是周宇的性质。但又不同，这个蒋玲是有自我意识的，而且身体也就是自己的。

那我还担心这些干什么？！可我就是担心，挥之不去的担心！

蒋玲苏醒后的第三天，她已经恢复了体力，能够在病房中和我打打闹闹了。昏迷的人继续昏迷，而且新的昏迷的人还在不断地送过来。

当天晚上，一个身材高大，面容和蔼，穿着便装，五十多岁年纪，但是一看就是一个非常有权力的人，带着七八个人走进了蒋玲的房间。其他的医生和护士都退了出去，只留下我们。

这个人坐在我们对面的沙发上，其他人则沿着墙一字排开，一言不发，看上去绝对不是简单的人物，而是经过特殊训练的精英。

这种气氛让我和蒋玲都觉得害怕，蒋玲坐在床头不看他们，只是拉着我的手。而我也尽量不去看他们。这两三天里，各种人来得不少，问话的也有很多陌生人，但是今天这些人，却给人一种强烈的压迫感。

那个坐着的人爽朗地笑了笑，说："是不是我们吓到你们了？别担心，别担心，我们只是想来问几个问题。"

我点点头，说："要问什么，请问。"

那个人还是爽朗地笑了笑，说："我先自我介绍一下，我姓徐，名德有。你不介意的话，可以叫我老徐。"

我看着这个叫老徐的人，总觉得我应该在什么地方见过这个人。

二十 想走并不容易

站在老徐旁边的一个人严肃地对我说：“请你称呼这位先生为徐司令。”

徐司令笑着摆了摆手，对我说：“随便你喜欢好了。”

我点点头，也不说话。这个男人看着就像是一个军人，徐司令这个称呼，还显得正常些。

徐司令见我不说话，呵呵笑了笑，说：“张清风先生，你是不是知道什么有趣的事情呢？是否可以告诉我们，我们一定替你保密。”

我摇摇头说：“我并没有什么有趣的事情。”

徐司令还是笑了笑，温和地说：“蒋玲小姐是你的女朋友吧，你真的不知道蒋玲是怎么醒过来的吗？”

我摇摇头，说：“我真的不知道，这个问题已经很多人问过我了。”

徐司令说：“我也知道很多人问过你，只是我有些不同的观点，你想听听吗？”

我没有说话，不置可否。

徐司令也没有管我是不是想听，继续说道：“张清风，你还记得你大学的事情吗？毕业那会儿。”

我身体一硬，不禁呆了呆，看来这个叫徐司令的了解我还不是一点半点，我慢慢点了点头，说：“记得。”

徐司令说：“记得就好啊。那么，我想听听你对这么多人昏迷不醒，而只有你的女朋友苏醒的事情，你真正的看法。”

我说：“我真的搞不清楚这是怎么回事。”

徐司令笑了笑，缓缓地说：“你是不愿意承认你身体里有太岁吗？”

我错愕了一下，转过头去看这徐司令，我被他一句点破，心里顿时慌张起来，他到底是什么人？怎么好像什么都知道？我看了一眼徐司令，又低下头去，握着蒋玲的手微微地颤抖了起来。蒋玲也察觉到了我在发抖，她也看了一眼徐司令，低声对我说：“清风，这是怎么了？”

徐司令说：“蒋玲小姐，我相信你的确记不起来你为什么会昏迷。请你相信我说的，我知道的比你们想象的更多，蒋玲小姐，你曾经身体里有太岁，因为被取出来了，所以才会昏迷。”

我插上一句：“我不知道什么太岁。”听到这里，我意识到，这个徐司令很可能就是什么 A 大队的人物，他们终于又回来找我了。

徐司令说："看来，你以前的确被吓怕了。你是不是因为我是什么 ABC 的人？"徐司令顿了顿，见我还是不说话，继续说："不过我并不是 ABC 大队的人，而是另外一个你可能不知道的组织，叫第二通道。这个光明集团是我们的一个下属单位而已。"

我是记得谢文曾经说过这个第二通道的，说光明集团是深井和第二通道的勾结之地。毕业后接受心理治疗之后，我早已认为那都是我的幻想罢了，自从梦到毕业时候的事情，蒋玲昏迷以后，我开始知道这绝对不是幻想和幻觉了，我记忆中的一切都是真实的。现在，更加真实的，一直隐藏在幕后的第二通道，居然也出现了。

我说："您是要把我抓起来吗？"

徐司令笑了笑，说："不会，不会。要抓你两年前早就抓你了，我们只是不能确定，你是不是我们想要的人。"

我说："我不明白。"

徐司令说："我们很想确定一下，你是不是王太岁。"

我说："什么？王太岁？"

徐司令说："是啊，还没有穿越奇点的王太岁。你能够让失去自我意识的蒋玲苏醒过来，恐怕只有王太岁能够做到。所以呢，我们想保护你，让你成为我们第二通道的一员。"

我惊讶道："我成为你们的一员？"

徐司令说："看来你已经承认你的确与众不同了。你可以考虑一下，是跟我们一起走，跟那些人对抗，还是继续被利用？"

我声音也大了起来，说："我为什么要相信你？"

徐司令说："你不是反抗过吗？在毕业的时候。我们能给你这个机会，让你不再受到他们的束缚，让自己的命运自己掌握。"

我说：“那毕业的时候你怎么不来找我呢？我现在只想当个普通人。”

蒋玲好像越来越害怕，失声尖叫道：“你们是什么人啊？要干什么啊？”

我站起来，把蒋玲搂在怀里，轻轻地安慰她：“没事的，没事的。”

徐司令说：“如果你同意的话，蒋玲小姐也会成为我们的一员，不用担心。至于两年前，是我们并不知道你是个什么角色，而且时机也没有到。我们不想和他们纠缠。而现在，我们需要你。”

我说：“为什么，为什么你们需要我？是想对我进行分析化验吗？”

徐司令哈哈笑了起来，说：“不会，不会。一切都是因为，世界的平衡就要打破了，新的格局将会建立，我们必须抓住这个机会，才能战胜他们。你不想战胜他们，战胜自己吗？”

徐司令说什么我都听不进去，唯独那几句“战胜自己”“自己的命运自己掌握”“和他们对抗”，直接就戳进了我内心最软弱的部分。这的确是我从想掐死谢文的时候就已经渴望出现的机会。

我垂下头，心乱如麻。我到底应不应该相信这个突然出现的徐司令所说的？我怎么能够确定，徐司令不像那个貌若天仙的B3一样有两面性？

我半天不说话，徐司令似乎也认为我在思考，也是一言不发。

半晌，我挤出一句话，说：“你怎么证明？”

徐司令笑了笑，长长地喘了一口气，慢慢站了起来，走到窗外，看着窗外的黑夜，慢慢地说：“我，曾经就是王太岁，但是我背叛了他们，加入了第二通道。对我来说，我的心情曾经和你一样，所以，我很了解你。”

我看着徐司令的背影，突然心中的委屈奔涌而出，鼻子发酸。徐司令尽管没有给我任何的证明，但是我却第一次碰见了了解我和理解我的人。

徐司令转过身来，说：“可惜的是，我身体里的王太岁也被取出来了。这么多年来，我们一直期待能够寻找到一个还没有穿越奇点的王太岁，这样才能真正地和他们对抗。你能理解我吗？”

我看着徐司令，他的目光坚定又温和，他的话也在我脑海中一直回荡着。

我慢慢地但是坚定地点了点头，说：“谢谢您，徐司令。希望我真的能帮到您。”

徐司令爽朗地大笑起来，说：“好！好！事不宜迟，我们现在就走！还有不明白的，以后再和你解释。”

我惊讶道：“现在？”

徐司令说：“对，现在。你知道，我这样和你谈话，我们整个第二通道都是冒了极大的风险的。既然你答应了，我们就没有任何时间待在这里，因为这里很不安全！”

我安慰蒋玲，说：“以后我会和你慢慢解释的，我们跟着徐司令走吧。”

蒋玲看着我的眼睛，我也坚定地看着她，只是目光交接了片刻，我已经知道，蒋玲绝对会跟着我的。蒋玲顺从地穿上自己的鞋子，我还没有收拾东西，徐司令身边的那个人过来拉住我，客气地说：

“别收拾了。立刻走吧！你们以后都是全新的身份。”

我点点头，拉着蒋玲在他们的包围下，走出病房。一路上没有任何人阻拦我们，走出医院，医院的大门口已经站满了荷枪实弹的士兵，几辆黑色的小车已经发动，正在等待我们。

我和蒋玲被招呼着上了一辆轿车，刚一坐稳，几辆汽车都立即行驶了起来。果然是动作非常迅速。

这几辆汽车飞快地在厂区里奔驰着，沿途都被封闭了，汽车并没有驶出厂区，而是直接向12厂区驶去。12厂区是整个厂区最后面的靠近山脚的一个小山坡，除了几栋低矮的楼房外，别无他物，但是这里也是厂里面管理最严格的地方，没有正当理由，任何人不得入内。光明集团占地面积很大，四面环山，出口只有一个，往后面的12厂区走，并没有道路。

汽车停到12厂区里的一栋三层小楼前，我们全体下车，组成一个掩护队形，走进这栋三层小楼。打开了几扇门以后，我们来到一个完全封闭的房间。我正觉得诧异，一个人在墙上轻轻地按了一下，地面微微震动了一下，整个房间居然都往下降去。

徐司令站在我和蒋玲身边，沉声说：“站稳了，我们会从地下走。”

我点头称是，蒋玲则紧紧地抓着我，一言不发。

房间下降了一会儿后，停止了下来，门再次被打开。我和蒋玲跟着徐司令鱼贯而出。

眼前的景象让我非常吃惊，这是一个巨大的数层楼高的房间，中间又分为三层，每层中间都停着一个巨大的球形物体。这些球形物体，都被放置在轨道上，顺着轨道的方向，房间的三个方向都有一个漆黑的圆形的大洞，这些巨大的球体刚好能够滚入这个洞中一般。这个场景，非常像放大了的轨道弹球。

徐司令说：“我们就坐这个球走。可能会有点眩晕。”

几个人已经率先爬到了第二层最大的那个球体边，拿出一张卡片在球身上插了一下，这个球体就打开了一扇门，看上去里面是一个很宽敞又工整的房间。

徐司令正要带我们走上去，地面突然激烈地震动了起来，几乎使我们都摔倒在地。徐司令大吼道：“怎么了？”

一个人从旁边冲了过来，冲徐司令喊道：“报告！地面突然受袭！”

徐司令吼道：“是什么家伙？”

那人急促地回答道：“从空中来的攻击，但是搜索不到空中有任何东西！”

徐司令骂道：“这么快！龟儿子们给的情报根本靠不住！”

二楼的人向徐司令喊道：“徐司令！我们还走吗？”

徐司令说：“走！”

一行人快步地走上楼梯。刚走上楼梯没有几步，整个房间又剧烈地震动了起来！随即一声巨响，滚滚浓烟从我们要乘坐的球体的隧道中冒出！

二十一 看不见的空袭

声音嘈杂起来，有人喊道：“管道被攻击！管道被攻击！有巨型物体接近！”

我扶着蒋玲站起来，就听到徐司令怒骂道：“王八蛋！居然还派了曲纳格编队过来！”话音刚落，就听到隧道口一声巨响，一个巨大的晃动着的柱状生物从洞口冲出。蒋玲吓得顿时尖叫起来，我也看呆了，这明明是一条巨型的蚯蚓，但是却显得非常狰狞。

这条大蚯蚓冲出来，“口”中嗵的一声喷出一股浓液，顿时将整个房间中的球体全部击飞，房间里一下子浓烟滚滚。

徐司令吼道：“战斗部人员上，祭堂的人保护张清风撤退！指定地点会合！”说着把自己的便装撕开，露出一身乌黑的紧身制服，身上还有几道红色的线条非常明显。

我被巨大的破坏吓傻了，抱着蒋玲不知道如何是好。身边有两三个人冲过来，把我和蒋玲连拉带拽地拖向一边。回头看去，徐司令已然又戴上了一个黑色的头盔，整个手臂都冒出黄色的光芒。几个和徐司令打扮一样的人都已经向那条巨型蚯蚓冲了过去。

我和蒋玲被人拉着，推入了一个小房间，这个小房间就迅速地上升起来，一边上升，一边剧烈摇晃着，脚下和头上都传来巨大的爆炸声。

带着我和蒋玲的三个人，也都穿着黑色的制服，很明显也是刚刚把外衣脱掉，本来一直穿在里面的。可能因为太匆忙，有的人还留着半截衣服挂在身上。我紧紧地抱着蒋玲，也不敢问什么。蒋玲全身颤抖着趴在我怀里，已然都吓到脚软了。

房间停下，我们冲出房间，原来还是刚进来的三层小楼中。刚刚迈出小楼，眼前的景象就让人惊呆了——整个光明集团到处都是大火！空中仍然有一道一道白色的痕迹划过，似乎空气都被撕裂开了，发出刺啦刺啦刺耳的轰鸣声。好像是有什么东西从空中射击下来，每一道白色痕迹坠地，顿时就如同巨大的石块击中地面一般，剧烈地爆炸起来。

抬头看看天空，居然什么都没有看到。只是不断地看到白色的痕迹突然从空中出现，向地面冲击过来。

爆炸声冲天巨响！连绵不断！看来，整个光明集团就要被毁灭了。

地面上也有激烈的枪炮开火的声音，也能看到无数的飞弹冲天而起，拉拽出一条一条的火线。但是，这些飞弹飞到空中就无声无息地消失了，甚至连爆炸的声音都没有。

那三个穿黑制服的人两前一后带着我们飞快地向另一栋建筑跑去，中间蒋玲跑不动了，我也没有这么大的力气，一个黑制服就把蒋玲一把抱起，继续向前跑去。

身后一身巨响，我们跑出的那栋三层楼被什么东西击中，轰的一声塌了半边。我这辈子都没有见过这种战争似的景象，心中就只有一个念头，跟着这些黑制服跑啊！

还没有跑到另外一栋建筑，就觉得身后一股强烈的气压涌来，随即身后就如同坠落了一块巨石一般，轰的一声，整个地面都被掀起。一股巨大的气浪席卷而来，如同一只大手猛地从下方推了你一把，我整个人就飞了起来。

我重重地落在地上，估计这下子足足飞了有十米远。我全身疼痛，刚想爬起来，身边又是一声巨响，又有个无形无质的东西落地了。这次我能够确定，砸落地面的是空气，是一大团压缩空气。威力居然这么巨大！

我又被冲飞了五六米，还好这次没有飞起来，而只是在地上乱滚。

我爬起来，大喊道："蒋玲！"但是视野中已经看不到蒋玲的人影了。

有一个黑制服戴着头盔正在向我跑来，边跑边喊："别站着，跟我来！"话音刚落，我就看到他头上一团白色空气当头压来，轰的一声正中此人。

我吓得乱跳了几下，向着他迎来的相反的方向，也就是向厂区方向跑去。

身后巨响不断，我不敢回头也不愿意回头，气浪滚滚而来，多次把我推倒在地。我也顾不了这么多，挑着我熟悉的路线奔跑着。心中念叨着，难道是有人知道徐司令让我加入什么第二通道，所以才会遭受这样的攻击吗？如果我不说要加入第二通道，那我们是不是不会被攻击了？

攻击我们的是谁？怎么什么都看不到？空中应该有什么东西，难道是神山吗？

厂区里一片大乱！

我跑过的地方全部都是大火熊熊，遍地都是被轰得变形的横七竖八的死人。仍然有士兵在向天空中射击着，他们也不知道在射击什么，就是绝望地向天空射击，不断地射击。

没有人注意我，也没有人管我，这里是厂区，又是夜晚，所以只看到士兵，一个光明集团的人都没看到。而抬头望去，寝室区和居民区也都是巨响不断，大火熊熊，估计那里的情况更惨。

我跑出来的 12 厂区，那些看不见踪迹的空气弹密集地降落着，似乎攻击重点已经向 12 厂区转移了。

我越过了 11 厂区、10 厂区、6 厂区、4 厂区，已然跑不动了。我要跑去的地方，是我一进光明集团，民防课程中就不断教育我的厂区核心防空设施。当时我还觉得好笑，认为和平年代哪有这样的事情。现在才知道，光明集团认定了自己肯定要受到攻击，所以才花费如此大的精力来建造防空工程和进行防空教育。

尽管每个厂区都有防空设施，但是一路跑来，去向各厂区防空设施的道路都被炸得稀烂，而且大火熊熊。

我仍然挣扎着奔跑着，但是速度已经慢了很多，前方就是我平时工作的精细流程车间，只要越过我工作的车间，再有一百多米就到了。

精细流程车间的一角已经被炸掉了，但是比起其他建筑物，破坏还算是相当微小的了。我气喘吁吁地从车间入口跑过，就隐隐约约听到有人在入口处喊我的名字：“张清风！”

我朝着喊声望去，四周冲天的火光，照得车间入口特别的明亮。门口站了两人，一个是谢文，一个是刘真。

他们像没事人一样，笑眯眯地看着我。

二十二　两个苗苗

我看着他们，竟然立即喊出一句：“你们还不跑！”喊出口才觉得不对，我关心他们干什么！这天空中的袭击说不定就是他们干的“好事”。

我一跺脚，头一甩，咬了咬牙，继续向前跑去。

身后谢文继续高喊着我：“张清风！过来！张清风！”

刘真也喊着：“张清风！回来！有话和你说！”

我慢下脚步，我真的很想跑到他们面前，问问到底是怎么回事。但是又害怕一旦和他们接触，又会被他们的花言巧语骗住，跌入万劫不复的深渊。

谢文继续喊道：“前面危险！”

我停下来，转头看了看谢文和刘真，他们非常情真意切地看着我，仿佛仍然是那两个我相处已经六年的熟悉的同学。我心里骂了自己一句我是个懦夫！还是向他们跑去。

谢文和刘真看我跑来，招呼着我向厂房内跑去。

我在他们身后喊道："我警告你们！别耍花样！"

谢文摇了摇头，喊道："不会的！我们在保护你！"

我心中怒骂道："放你的臭狗屁！"

我喊道："带我去哪里？"

刘真喊道："安全的地方！有话和你说！"

我没有再说话，他们突然出现，我又跟着他们，无论如何，我都要听听他们怎么说。

外面的爆炸声逐渐消失并远去了，等我们三个跑进厂房里的装备检测室的时候，似乎已经完全停止了。

我向窗外望去，除了到处燃烧的火焰以外，从天而降的攻击好像真的停止了，只有地面上士兵仍然向天空中不断射击的枪炮声。

我剧烈地喘着气，这一长段路程的奔跑，要不是我从小就长跑不错，肯定早就应该瘫倒在地了。

谢文也看着窗外，说："攻击暂时停止了。"

刘真也说："是的，看来上面的人已经知道张清风和我们在一起了。"

我骂道："什么？和我有什么关系！"

谢文对我说："别着急，你听我说。"

我说："说吧。这次是我最后一次愿意听你说话！"

谢文说："是不是你碰到了第二通道的人了？"

我说："有必要告诉你吗？"

刘真说："你愿意相信第二通道那些人？他们不仅是神山的叛徒，也是最会玩弄权势的人。"

我冷冷地笑道："刘真，我真没想到你也和谢文是一伙的。我愿意相信谁，你们管不着！"

谢文说："你太天真了，你知道第二通道要干什么吗？焚烧整个世界！"

我看了看窗外，说："笑话，你看看外面，你们就不是在焚烧世界吗？"

谢文说："这里必须被破坏！我们只是阻止第二通道把你带走！"

我骂道："废话！不是你和刘真让这么多人昏迷，又让我把蒋玲弄醒，第二通道怎么会把我带走！谢文，你最好不要给自己找这么多漂亮的借口。你不要以为我还会像以前那样任凭你摆布！"

刘真说："就算不这么做，第二通道也会找上你的！"

我指着窗外，冲他们两个咆哮着："放屁！放屁！你知道外面死了多少人吗？就算是第二通道找上我，你们就要杀这么多人？寝室区！那里大火冲天！就因为我吗？因为我吗？"我咆哮着，一把把身边墙上的纸箱摔在地上。

我又指着谢文和刘真咆哮道："我听够了你们的废话！从今天以后，再见面不是你死就是我亡！"

谢文低声说："果然，你已经符合要求了。"

我骂道："什么？话说清楚点！"

谢文说："可惜的是，你今天绝对走不了。今天你必须被我们带走！”

我反身将身边不远的消防斧抄在手里，做出攻击的姿势，打算谢文和刘真只要敢过来，我就不客气。

刘真走上一步说：“张清风，你不要这样。”

我骂道：“什么我不要这样！我警告你们！再靠近我一步，别怪我不客气！”

谢文拉了一把刘真，说：“别过去，他现在干得出来。”

我说：“算你们识相，我告诉你们，我要去找到第二通道的人，嘿嘿，我注定要和你们对抗。”

谢文说：“你何必这样为难自己？当一个太岁人不好吗？”

我骂道：“不好！鬼才愿意像你们一样！”

我边骂边挥舞着斧头，向门外退去，我从跟着谢文和刘真进来，就已经打定了主意，不管他们说什么，我都要和狗屁神山对抗到底。

我即将要退出门口，问了一句：“天上有什么东西？”

谢文说：“是神山的东西，我也不知道是什么，在我们上方停了二十多天了。”

我骂道：“好！好！果然厉害！果然厉害！谢文，算你诚实！”

我退出门外，拔腿就向厂房门口跑去。我只要到防空设施里面，再次和第二通道的人联系上，我就能摆脱谢文他们的纠缠了。

我刚跑了没有几步，就看到有两个人影从旁边闪出来，挡在我的面前。

我立即停了下来，抄起斧头，怒目相对。

可是，当我看清这两个人是谁的时候，我的手颤抖了起来。这是两个长得完全一模一样的苗苗！也就是两个苗苗！她们都穿着灰白色的制服，在厂房里显得格外耀眼。

我的身体不由自主地颤抖了起来，我突然感觉到特别的恐惧。苗苗，那个和我有过一夜激情的女人，我变异的制造者，居然出现在这里，而且，还是两个？

其中一个苗苗说：“张清风，不要跑好吗？”

我声音颤抖着，说：“苗苗？苗苗。你，你们……”

另一个苗苗说：“我们是来接你的。”

我继续颤抖着说：“接我……为什么要接我？”

一个苗苗说：“因为你应该回去了。”

我精神也恍惚了起来，眼前的两个苗苗好像一下子变成了四个，我说：“我去哪里？”

一个苗苗指着窗外的天空说：“上面。到上面去。”

我恍恍惚惚地说：“不，我不去！”

我费力地挥动着自己手中的消防斧，有点站立不稳，说：“别、靠近。别靠近！”

身后的脚步声也响起，谢文在身后说：“你们是来接张清风的吗？”

两个苗苗都举起了手，手掌中闪耀出紫色而明亮的火焰标志。谢文和刘真应该也举起了手掌，因为我能感觉到身后亮起了红色的光芒。

谢文说：“你们是 8 局？”

两个苗苗把手放下，其中一个说：“这个你们就不用知道了，按照规矩，你们的这段记忆我要暂时抹去。”

刘真说：“为什么？”

谢文拉了一把刘真，说："没有为什么。以后你就知道了。"

我摇摇晃晃地站在他们四个中间，一会儿转身将斧头举向苗苗，一会儿举向谢文，我自己非常清楚地知道，现在只要有人轻轻一推，我就会摔倒在地。他们四个也仿佛当我不存在一样，只是各顾各地说着。

一个苗苗冲我笑了笑，说："张清风，我们走吧。"

我含含糊糊地说："不！"

那个说话的苗苗笑着向我走过来。

二十三 谢文之死

“他已经说不了！”一声大吼从厂房上方传来。

嗖嗖嗖！三个黑色的人影从苗苗身后的上方跳下，一落地就站立了起来。丝毫不像是从这么高的空中跳落下来的。

他们一身黑色的紧身制服，戴着黑色的头盔，这明显就是第二通道的人。其中一个人头上的头盔一软，似乎像皮球泄了气一般。这个人将头盔往后一拉，露出脸来，不是别人，正是徐司令！

我如同见到救星一般，蹒跚着向前冲去，嘴里喊着：“徐司令。”

徐司令身边的一个人抢上一步，将我搂在怀里。我手一软，斧头也抓不住，当的一声掉落地下。

两个苗苗往后退了一步，脸上顿时挂上了一层寒雾，一个苗苗尖声道："第二通道？"

徐司令笑了笑，说："没错！张清风我要带走，实在不好意思！"

一个苗苗尖声说："愚蠢！"话音刚落，就听到两个苗苗脚下爆发出剧烈的嘶嘶声，这声音直接往我脑袋里钻，我顿时就难受得要往下跌。

谢文和刘真也"哎呀"一声，痛苦地抱住了自己的脑袋。

徐司令哈哈大笑起来："没用的！没用的！太小看我们了！"

徐司令话音刚落，他和他身边的一个黑制服就爆发出一股强烈的黄色光芒，两个人如同鬼魅一样，几乎是飘浮一般，冲到两个苗苗的身前，黄色光芒一闪，从两个苗苗脚下发出的嘶嘶声立即中止了下来。

我向苗苗看去，只见徐司令和另一个黑制服手上喷出的金黄光芒，直刺两个苗苗体内，又在两个苗苗背后喷出了一大截。如同两把光做的刀！

徐司令笑道："这就是你们轻视我的代价！"

两个苗苗都悠悠地看了我一眼，头一低，似乎死了。

徐司令和黑制服把光收起来，两个苗苗才一下子摔倒在地。

徐司令转过身去，对着谢文和刘真说："你们是自杀呢，还是跟我们走？"

谢文冷冷地看着徐司令，说："你怎么知道我们在这里？"

徐司令说："没有必要回答。"

谢文斜着眼睛看了刘真一眼，刘真一言不发，也不看谢文。

谢文说："我选择自杀。只是，我想和张清风最后说两句。"

徐司令说："好，就在这里说吧。"

谢文说：“张清风，请你过来。”

徐司令向搀着我的黑制服点了点头，那黑制服松开我，我看了一眼徐司令，徐司令笑了笑，示意我可以过去。

谢文见我走来，慢慢地说：“张清风，你不是王太岁。所以，你不应该跟第二通道走。”

我看着谢文，突然觉得他此时的表情让我有些伤感，他好像是在临终告别一般。

谢文继续说：“我恳求你一件事情，请你握住我的手，用你对蒋玲的方法，也对我做一遍。”

我看着谢文，说：“为什么？”

谢文把手伸出来，说：“求你！”

我迟疑了一下，还是把手伸了出来，握住了谢文的手。

谢文说：“请你开始吧！”然后把自己的眼睛闭上。

我看了眼徐司令，徐司令正聚精会神地看着我和谢文，刘真也默默地看着我们。似乎并没有人要阻止我这样做。

我深深吸了两口气，也慢慢地把眼睛闭上。

几乎是一念之间，我的思维就毫不费力地进入了谢文的体内，谢文的记忆出现在我的面前，不敢相信的是，涌现的场景不是现代，而是从很遥远很遥远的过去开始……

满大街行走的都是留着长辫子的人，从未听见过的叫卖和吆喝声，清朝的马褂，有官兵从我身边骑着马飞驰而过，城墙上有一个女子站立着，似乎正要往下跳。她身后不远处是一个男人，似乎在劝这个女子不要跳下去。

在一片广阔的大海上，我正站在船边，太阳正要落入水中，微微的风吹拂着，一个梳着整齐头发、留着胡须的男人走到我身边，我轻声地问候着：“孙先生，您应该多休息一下。”

这个孙先生说：“哪里又睡得着呢。这次回国，我们生死未卜啊。”

几个穿着日本军服的士兵破门而入，满嘴喊着日本话，枪指着我和我身边的几个人，一个人从我身边慢慢地站起来，对我说：“对不起！是我对不起大家！”我身边的另一个人站起来，骂道：“叛徒！你不会有好下场的！”

我正趴在一个巨大的弹坑中，身边是一具尸体，冲锋号响了起来，我从坑中跃出，漫山遍野的人都在向前冲着，子弹从头顶划过。前方是一个地下碉堡，正在猛烈地开火，身边不断有炸弹爆炸。

一个窄小的牢房中，一个人被五花大绑丢到床上，还在呵呵地笑着。一群人围过去，一个小伙子关切地问这个人：“白哥，你怎么了？”那个人说：“我杀了黄毛！”

我将一个人和另一个人推出一扇铁门，那两个人穿着囚服，其中一个转头喊道：“老谢，一起走吧！”我摇摇头，说：“你们走吧，我不能走。”

刘队长正抱着我，满脸是血，嘴里喊道：“小谢，小谢！你别死！坚持一下！不要睡！”而我的眼前却越来越模糊。

张清风正在餐桌上跳跃着，指着我吼道：“他！谢文！是我们班上的管理员！他知道一切！我们班上的所有人，都是他的玩具！”

我突然觉得很悲伤，这都是谢文的记忆吗？尽管大量的记忆涌过，但是我知道时间只不过过去了几秒钟而已。我并没有多犹豫，我觉得我应该做点什么，我用给蒋玲自我意识的方法，又分裂出一个自我意识,输入了谢文的体内。这团自我意识迅速和谢文融为一体。

我的思维从谢文的体内快速地退出来，谢文撕心裂肺地喊了一声，把眼睛睁开，两行眼泪就猛地掉落下来，说：“我终于知道我是谁了！”

我抓住谢文的肩膀，焦急地说：“你说什么？”

谢文眼睛中不断涌出眼泪，说：“这次，我很高兴能够碰到你，张清风，我现在很高兴，又很害怕。我第一次知道，我要死了，我很怕死去，但是我又很高兴，因为我知道我要死了。”

说完，嘴角就渗出黑水，眼泪也迅速变黑了，鼻孔和耳朵中也涌出黑色的水来。

我拼命地摇着谢文，吼道：“你说什么！你别死！”

谢文嘴巴张开，黑水不断地涌出，他眼睛已经没有光彩了，但是他还是很清晰地说：“太美妙了，这就是死亡。希望下次的任务还会这么美妙。我，已经完成任务了。张清风，我用我自己亲自来证明你可以回去了。再见！”谢文脖子一歪，身子顿时一软，我再也扶不住他，看着他瘫倒在地。

谢文死了，我竟然觉得好像是我死了一样难受，不禁哇的一声哭出来。

一个黑制服走过来将我拉到一边，我仍然控制不住地哭着，为什么在我对谢文做了我对蒋玲做过的事情后,竟然感觉如此的糟糕?眼前死去的谢文如同自己一般。

徐司令说：“四十三秒。不敢想象。”

刘真冷冷地说："徐司令，你应该做了信息隔断吧。"

徐司令说："当然，我不会犯这些低级错误的。"说着用手指弹出一个光点，那光点向上飞去，竟在上空如同碰到一面镜子一般反弹了回来，然后我们上空呈现出一个半圆形的半透明的光幕，闪了一下，就消失了。

刘真将自己的手表摘下来丢给徐司令，说："还给你。"

徐司令微微笑着，接过这块手表。

二十四　毁灭前的歌声

徐司令说："你们这些神山的反叛者，我真搞不懂，你们是在利用我，还是在帮助我。"

刘真说："这并不重要，我知道得也很少。我只是完成我应该做的工作。"

徐司令笑了笑，说："不行啊，这次你也看到了，整个地面的工厂都毁掉了，你告诉我的情报并不准确！我如果不是身手还好，就要死在地下了。"

刘真说："这已经超出了深井所知的范畴，而且天上的东西是什么，我们也一无所知。很明显，那东西是要来找张清风的。"

徐司令说："哦？这么多年了，深井对神山还不清楚？"

刘真说："抱歉，神山的秘密我们有太多没有掌握。天上的东西是什么，为什么要这么兴师动众地来找张清风，我们的确一无所知。"

徐司令说："是你不知道，还是深井不知道？每年都换一个深井的人和我联系，怎么从来没有特别准确和实用的价值？我很不满意，真的。"

刘真说："对不起，徐司令。大部分时间，我都是神山的一员。深井能一直保存到今天而没有被神山识破，我们是非常非常小心的。我们帮了你多少，你应该清楚，不要太贪心。"

徐司令笑了笑，说："这就是你们非要选择这个并不理想的光明集团作为和我们沟通地点的原因？"

刘真说："我不知道，我无法回答。"

徐司令笑了笑："好！我也不想多问了，多问也没有用，只要我们的目标都是推翻神山就可以了。你现在走吧。张清风还是在我们这边，这次我一定要得到这个王太岁。"

刘真说："徐司令你想得太简单了，在你还是王太岁的时候，你有这种给予自我意识的能力吗？你能凭一己之力让蒋玲在失去了自我意识以后再苏醒吗？这个张清风，恐怕不是你要找的王太岁，而是对神山更加重要的东西。那两个被你杀死的女人，手上的紫色标志，可能是我们根本不了解的神山 7 局或 8 局的人。所以，我建议，你们还是把张清风放掉，自己走吧，否则大家谁也别想离开这个地方。"

徐司令哈哈笑了笑，说："你看着年纪很轻，说话倒和我以前接触的深井不太一样。我让张清风走？你在开玩笑吧。这么多年了，你们从来没有给我准确的王太岁在哪里的信息。这次是我自己判断出来的，而且还是一个这么重要，让7局、8局的人都出现的人，你这么简单说说，我就放掉了？”

刘真说：“那你不相信就算了。我该说的都说了，你好自为之吧。”

我从悲痛中缓过神来，看着刘真，她这个时候的表情，我从来就没有见过，完全就是一个陌生人。

我骂道：“刘真！你出卖了谢文！”

刘真说：“哦？你不是一直想让谢文死吗？我真的很不理解你。”

我骂道：“你根本就不是人。”

刘真说：“我早就不是人了，我是太岁人。另外告诉你，大学里的一切，都是我干的。只是，我当时还是神山罢了。这些事情，可能谢文并没有告诉你。”

我骂道：“混蛋！想不到你是这种女人。”

刘真说：“啊，你又错了，我大部分的记忆都是男人的记忆。”

刘真说完，再没有看我，只是对徐司令说：“你好自为之，我先走了。”

徐司令也没有阻拦她，她越过地上两具苗苗的尸体，敏捷地向厂房外走去。

徐司令吩咐道：“我们也撤，保护好张清风。”

我被拉着走出厂房外，觉得头顶上有人正在看我，我猛地抬头一看天……

天上好像看到了我正在往上看，突然随着我的目光闪出一片光亮，好像出现了一层雾状的发光带，漂浮着，轻轻地漂浮着。

我身边的一个黑制服望着天说：“徐司令，是又要攻击了吗？”

徐司令说：“不管他，用H型把能量全打开，我们能够顶住那些空气弹的。”徐司令也望着天空，喃喃道：“到底是什么鬼东西！”

那天空继续明亮着，慢慢地，从天空中由细微到洪亮，传来一阵歌声。

那的确就是歌声，没有歌词，如同一个人在慢慢地哼着什么曲调。那曲调从来没有听过，甚至都觉得困惑，这到底是不是旋律。但是，那曲调却让人一下子着迷起来，我看着天空光彩的流动，那歌声轻柔地钻入我的耳朵，我竟看着天空痴了一般，动也不动。

动也不动的不只是我，徐司令和其他两个黑制服也看着天空动也不动，所有人都如同呆住了一般。

徐司令犹自喃喃地说着：“这是什么？这是什么？”

而我身边的空气，也变得慢慢黏稠了起来，我觉得我好像被空气渐渐地越来越紧地包住了，随后，我被凭空提了起来。身边的黑制服还是呆呆傻傻地看着天，根本没有阻止我被提升的意识。

慢慢地，我升入了空中，越来越高，越来越高。最后，我进入了那片漂浮着的光雾中。歌声也戛然而止，我则一下子回过神来，四下看去，光雾也正在消退。随即，密密麻麻的白色痕迹突然出现，覆盖了整个光明集团的上空。

数不清的空气弹同时从天空中倾泻而下！

当我耳边响起上万面大鼓同时敲响一般爆炸声时，我眼前突然一黑，进入了一个有形有质但是非常柔软的管道内。

我在这个管道内继续向上升去，更准确地说，不是升上去，而是被吸上去。我在这个柔软的管道内翻来滚去地上升着，什么都看不见，只觉得天旋地转。

这种难受的旅程持续了一分多钟，终于停止了下来，嗵的一下，我被从管道中喷射了出来，在空中旋转了七百二十度以上，然后重重地摔下来。所幸的是，地面既有弹性而且柔软。

我晃了晃头，微微睁开眼睛，挣扎着想站起来，但是一阵眩晕，又摔倒在地。我闭上眼睛清醒了一下，才算好转，再次把眼睛睁开。光线很柔和，一点都不刺眼，而放眼望去，我所在的地方居然是一个几层楼高的足球场大小的空间，呈椭圆形。四周也一个人影都没有。

我站起来，脚下还是软软的，好像是一种半透明的橡胶地面，这个空间的四壁，也都是半透明的乳白色，感觉根本就不是寻常的墙壁和地面，而是一种生物体的皮肤一般。

我大吼一声："有人吗？"

没有回声，好像我的声音直接被墙面和地面吸收掉了。没有人回答。

我继续吼着，原地转着圈，同时到处找我被喷射出来的洞口，可惜一无所获，整个地面没有任何存在过洞口的迹象。

我如同走在弹床上一般，蹦蹦跳跳地前行着，向一面最近的墙体靠近。

直到走到墙边，我用手摸上去，和地面的质地和感觉完全一样，整个巨大的空间，完全是浑然一体。

我摸着墙边走边喊，这种孤身一人行走在这样一个怪异的空间里，让人不禁心里发毛，而且倍感无助。

我走了一阵，没有任何可以开启的地方，我心中难过，干脆一屁股坐了下来，骂骂咧咧地喊叫着：“有人吗？出来啊！有什么见不得人的？既然见不得人，把我弄进来干什么啊？”

我骂完，还是没有任何答复，我重重地叹了口气，低下头来。

“呵呵呵呵。”从这个空间中传来一阵女子的笑声。这笑声突然传来，倒让我吓得汗毛直立，鸡皮疙瘩起了一层。

我一下子站起来，四下张望着，喊道：“谁？谁在？出来！”

“呵呵呵呵。”这个女子的笑声持续着，似乎是从这个空间的正中间发出来。

我盯着空无一物的空间中间，就看到一个穿着灰白色制服的女人从地面升了起来。正面对着我，呵呵地笑着。

我走近几步，看清了这个女人的长相，居然，居然又是一个苗苗。

二十五　无法区分的真假

我全身冷汗直冒，到底有多少个苗苗？

这个苗苗对我招了招手，轻柔地说：“不好意思，让你受委屈了，也没更好的办法让你上来。我是苗苗。”

我惊诧道：“你？你们？都是苗苗？”这个苗苗穿着寻常的便装而不是制服，如同我第一次见到她的那个打扮。

这个苗苗笑盈盈地说：“是啊。很奇怪吗？请你过来吧。”

我刚想迈步向前，脚下却突然波动了起来，地面隆起了一个小鼓包，我站立不稳，跌倒在上面。这个鼓包就向苗苗飞速地移动了过去，移动到苗苗脚下时，就消失了，地面毫无踪迹。

我哭笑不得，趴在地上叹了口气，站了起来。苗苗正和我面对面地站着，显得比我还高，我仔细一看，这个苗苗居然是悬空的。脚离地足足到我膝盖。

我上下看着苗苗，张大了嘴巴，这个苗苗到底是人是鬼啊！

苗苗看出我正在打量她，微微一笑，说："现在的我，并不是真实的呢。你见过林凤山吧，我现在也只是一个光影啊。"

我记得在学校地下见到那个林凤山的一幕，那个林凤山也是一个光影，只是和现在眼前的苗苗一样，完全看不出来是一个光影。

苗苗将手伸出来，从我肩膀上穿过，说："看到了吧，我只是一个光影。"

我点点头，说："这是哪里啊？"

苗苗笑了笑，说："这个问题，一会儿有人会为你解答的。欢迎你回家！"

我惊道："回家？"

苗苗笑了笑，说："对，欢迎你回家。现在我们走吧。"

我还想说什么，脚下就微微颤动，地面升了起来，呈现出一个规则的圆形，我就站在圆形中间，笔直地向上方升去。

苗苗也跟我站在一起，只是她还是保持着腾空的状态。

地面升起得很快，眨眼之间，我就马上撞倒天花板了，我不由自主地弯下了身子，没想到天花板也迅速展开一个圆筒，让我和苗苗升入这个圆筒中。

往上看去，头顶不断地展开着，不早也不晚，这感觉非常的奇妙。两三秒工夫，一道柔和的光线射入，我和苗苗升进了另一个巨大的房间。

苗苗招呼我从上面下来，我走下这个"地面"，踩上了正常而坚实的地面。

回头一看，那带我上来的地面已经降落下去，一个圆盖子从地板下滑入，将这个洞口严丝合缝地盖住了。

我抬头望去，这个房间已经是一个正常的房间了，居然还是显得巨大，但是墙壁光滑，地面平整，房间里也有三三两两的人站在一边忙碌着什么。

那个仍然悬浮着的苗苗说：“你现在就能看到真正的我了。”说着，就慢慢地淡化下去，最后消失了。

身后传来一个女子的声音，说：“我在这里。”

我转过身去，看到一个苗苗正向我走来，边走边盈盈地说：“我可不是影子噢。”

我满肚子都是问题，连忙问道：“这是哪里？什么叫我回家了？”

苗苗说：“跟我来吧。有人一直在等你。”

我边跟着苗苗走着，边说：“谁啊？你们是神山，还是什么？”

苗苗说：“我们是神山，中国区8局，我们8局的主脑要见你。”

我继续问道：“那这是哪里？”

苗苗笑着说：“天上，8局的总部。”

我说：“在天上？可是……”

我是有疑惑的，如此巨大的空间，平稳得如同深扎入地面的建筑物的一部分，人很难想象如此巨大的东西飘浮在天上的感觉。如果不是我知道我是从地面升上来的，我甚至愿意相信这是在地下。

苗苗回头笑了笑，说：“请进吧。”她已经打开了一扇门，门里是个雪白明亮的走廊，几步就能穿过，走廊尽头好像又是一个巨大的房间。

我有点犹豫，苗苗分明已经被徐司令他们杀死了的，怎么又出现了一个，到底有多少个苗苗？他们是神山的8局，谢文也从来没有提起过，为什么要对光明集团发动这么大规模的袭击，难道就是为了我？如果是为了我，怎么不早点把我抓走，而非要用如此武力的办法，从徐司令的手上把我夺回来？

我迟迟不敢迈出脚步走进这扇门，我觉得走进这扇门以后，可能我再也没有回头路了。

苗苗看我站在门口不敢前进，盈盈地说："怎么了？是不愿意进去见到知道你的一切的人吗？"

我深深地吸了两口气，我是谁这个问题已经困扰了我很长很长的时间了，于是我说："不会，我只是，不知道……"我的话说完，就迈出脚步，踏入了这扇门。

柔和的光线照在我身上，很温暖，我走在前面，苗苗则跟在我后面。苗苗轻轻地关上了房门，咔嗒一响，我立即回头望去，门已经锁上了，苗苗见我回头，温柔地冲我笑了笑。这种感觉如同梦境一般，这个苗苗到底是真是假？我到底是真是假？我看到的这一切又是真是假？

我没有停下脚步，继续向前走着，越往前进，越觉得前方巨大的空间里，有种什么力量在召唤着我。

我走出走廊，抬头向上望去，这是一个如此之高的房间啊，整个房间如同半个橄榄球扣在地面上，四周的墙壁都向上延伸着，收缩成一个点。而这个点则发出耀眼但不刺眼的金黄色光芒来，洒到半空中，被从四周射出来的柔和白光中和了。

而这个房间的面积，却不是很大，大约只有一个篮球场大小。

房间的四周和地面，什么都没有，只是一个空空荡荡的房间罢了。

苗苗从我身边走过，轻声说："请稍等。"然后超过我，走到房间中央。

我没有回话，只是发呆地看着头顶的尖顶处，那片黄光中一定有什么东西在那里，竟然能够牢牢地吸引着我。

而耳边则响起一个男人的说话声："张清风，欢迎你回来。"

我这才平视过去，房间中间正有物体慢慢地出现着。有些物体逐渐清晰起来，是一个一个的沙发和座椅，还有绿色植物。东西越来越多，甚至出现了墙壁，如同几何构造一般，从内向外的一个接一个的物体出现了。

最后，呈现在我眼前的是一个两层小楼，建筑很精美，白墙红瓦，窗户上的玻璃都特别明亮。

我不知道是不是应该相信看到的一切。

小楼面对我的门被推开了，苗苗从这个门里走出来，笑盈盈地说："请进，请进。"

我都不知道我是怎么迈出脚步的，特别沉重地向门口走过去。

门口是个两级的台阶，我犹豫了一下，轻轻地把脚放在了台阶上踩了踩。这一点都不是光影，而是非常真实的台阶，结实而平稳。我走上台阶，如同木头人一样走进房间内。

苗苗将门关上，在我身边说："请，请这边坐啊。"

我正在打量着这个房间，和我想象中的二层小别墅并没有什么不同，大厅、楼梯、吊灯，一切的一切都是平常的。

这个小楼，地板是浅黄色的木地板，墙壁是雪白的，身边的家具看上去并不高档，也不时尚，甚至有些俭朴，但是非常的整洁。

苗苗请我走到大厅中间，指着一个沙发说："请坐这里。"

我用手按了按沙发的扶手，扶手软软的，很真实。我一屁股坐下来，如同真的沙发一样，非常柔软。

苗苗也走到我身边的另一张沙发边，伸出手拿起沙发前面茶几上的茶壶，哗啦啦给我倒了一杯茶水，还有一丝丝的热气从杯中散发出来。

苗苗说："别客气啊，请喝水。"

我真的满脑子都是问号，我怎么一下子像来到谁家做客似的，而且我分明看到这个楼是如同光的魔术一般变化出来的，怎么走进来，完完全全就不是什么光影，而是真实的东西呢？

我有点木讷地应道："好的，好的。"

将茶水接在手上，玻璃杯的质感、温度，都清晰地传递到我的手中。我缓缓地将杯子靠近嘴边，吹了吹杯中水，轻轻地抿了一口水。

的确是茶水，有种淡淡的清香透过我的舌尖，我从来没有喝过这么好的茶。

苗苗笑着说："小心烫噢。"

苗苗亲切得如同一个相识的女生。

我把杯子放下，脑子还是没有转过来，这到底是真的还是假的？我刚才一路走来是假的？因为那不合逻辑。而现在我待在这个房间，才是真的？

我吞吞吐吐地说："苗……苗苗，这里是……这里……嗯？"

"这里是你的家，我的孩子。"一个亲切的男人的声音，从楼梯处传过来。

二十六 父子之间的对话

我转头向楼梯处看去，一个和我父亲年纪差不多的男人，正满脸微笑地从楼梯上稳步走了下来。苗苗恭敬地站立着，向这个男人微笑示意着。

这男人对苗苗说：“谢谢你，你先出去吧。”

苗苗点了点头，又冲我笑了笑，转身出去了。

我目不转睛地看着这个男人，这个男人的长相实在没有什么特别的地方，透着一股子文人的气质，不过看上去也只是普通的知识分子的样子。他穿着一件很常见的夹克衫，甚至这件夹克衫明显应该穿了很久了，个子不高，但身板笔直，眼睛明亮。他穿着一双在学校都经常能看到的便宜拖鞋，穿着雪白的袜子，走路很稳，但是落地几乎没有声音。

这个男人尽管如此的普通，我却觉得很久很久以前就认识他，只是想不起来了。

这男人也微笑着看着我，从我沙发旁边绕过，坐在我身边的沙发上。他给自己倒了一杯茶，拿在手上转动着杯子，笑盈盈地说："还记得我吗，儿子？"

我大吃一惊，喃喃道："儿子？我？"

这男人说："我是你的父亲，噢，不该这样问你，你肯定记不得了。"

我追问道："您是谁？我怎么会是您的儿子？"我脑海中翻腾出从小到大的记忆，没有任何迹象表现我不是我现在的父母亲亲生的。

这男人把杯子拿在手上，缓缓地靠在沙发上，可能是因为沙发比较陈旧，他一靠还发出吱呀的响声。

这男人缓缓但是亲切地说："没关系，你只是不记得而已。我会恢复你的记忆的。"

我说："我不太明白。恢复我的记忆？我记忆并没有什么不对的地方。"

这男人说："是的，你自己不会觉得有什么不对的地方。"

我说："那您到底是谁？可以告诉我吗？"

这男人对我笑了笑，慢慢地喝了一口水，说："刚才带你进来的那个苗苗应该介绍过了，我是神山 8 局的主脑，我叫赵雅君。"

我脑海中不断地念叨着这个名字，赵雅君？赵雅君？好像听过很多次的，可是就是记不得什么时候听过了。

我纳闷地说：“赵雅君？我好像曾经听到过很多次，但不知道什么时候听到的。”

赵雅君说：“那是因为我这个名字，已经是你身体里每个细胞都储存过的信息了。”

我脑海中千头万绪，看着这个叫赵雅君的中年男人，居然问不出话来。

赵雅君笑了笑，说：“是不是心里有太多疑问，所以都不知道怎么和我说话了？”

我点点头，的确如此。

赵雅君缓缓地喝了一口水，说：“那我慢慢说吧，你仔细听，可以打断我说的话。”他顿了顿，继续平缓地说了下去：“首先，我来介绍一下神山8局。8局是神山的特殊部门，隶属于中国区，但是完全独立，因为8局从神山建立初始就一直存在着，是太岁进化的推动部门。你来的这个地方是神山中国区8局的总部，是一个巨大的浮动在空中的太岁单体，到底有多大，只能形容为比你知道的光明集团的占地面积都大。只是，目前人类的科技完全无法探测到这个巨大的漂浮物的存在。我们也做了很多的隐蔽措施，我们会模仿成一片天空，完美地执行这片天空所应该具有的刮风、下雨、星空、浮云等一切功能。8局是空中的霸主，第二通道会在地下打洞生活，也是从他们背叛神山开始，就知道他们根本无法在地面上直接反抗神山。可惜的是，现在第二通道都已经忘了自己为什么要放弃地面。”

赵雅君看了我一眼，我正在仔细地听他说话，他这一看，倒让我有点紧张，冒出一句废话：“这么厉害啊。”

赵雅君哈哈地笑了起来，说：“是很厉害，是很厉害，连我都不知道这个浮动的堡垒到底有多厉害。”

我不知好歹地问道：“那，这个东西是什么做的？”

赵雅君停住笑声，看着我，慢慢地说：“是你身体的一部分。”

我吓了一跳，说：“我、我的一部分？”

赵雅君喝了口水，说：“现在还不能这么说。嗯，你听过始原体吧？”

我点点头，谢文把我带到学校地下以后，我见到那个叫林凤山的人，他和我说过关于神山的始原体的事情。

赵雅君说：“8 局的总部，就是始原体分裂出来的一小部分肌体，经过近千年的成长，长成了如此的巨大。可能再过一千万年，8 局的总部与总部之间，会连成一体，把整个地球的表面都覆盖住。”

我问道：“总部和总部之间？”

赵雅君笑了笑，说：“哦，全世界类似这种漂浮的巨大太岁单体，还有四十多个，分布在不同国家的上空。因为中国的人口数量最大，所以中国区8局的总部是最大的一个。”

我说：“人口最多，就最大？”

赵雅君说：“是的，因为 8 局还承担一个任务，就是运输某些人类到神山的总部去。哦，这个就不多说了，很快你就知道了。”

我点点头，不再说话。赵雅君看我不说话了，于是继续说道：“说是你身体的一部分，现在只是一个玩笑，以后可能就不是玩笑了。你出生在这里，也在这里成长，这个房子就是你幼年玩耍和居住的地方。而我则一直看着你不断地成长起来，对我来说，你就如同我的儿子一般。”

我忍不住插嘴道："可是！我……"

赵雅君打断我的话，说："你的世界并不真实，你现在父亲、母亲、亲戚等一切你幼年接触到的人，全部都是神山的成员。直到你进入大学之前，你生活中的一切都是神山安排好的。我希望你平常、普通、不引人注意、不太聪明，甚至让你拥有大多数人类的一切缺点，冲动、没有主见、禁不起诱惑、自私等。"

我打断赵雅君的话，说："不要说了，我不相信，为什么要这么做。我、我爱我的妈妈、爸爸，你为什么要这么说……"说到这里我竟然鼻子发酸，眼睛顿时就红了，眼泪就要落下来。

赵雅君轻声地说："孩子，不要伤心。现实的确比你想象中更加残酷，但是你必须要正视这一切。"

我声音有点哽咽，说："那我是什么呢？你为什么要这么对我？"

赵雅君把杯子放在茶几上，温和地说："因为你是我们神山 8 局的孩子，我们希望你能成为未来的主宰。"

我哽咽着说："我不想当什么主宰，我想回到爸爸妈妈身边去。"

我抬起头来，看着赵雅君，说："你到底是谁？为什么要这么做？"

赵雅君沉默了片刻，轻轻说："我是一个曾经死去了的人，我甚至曾经是一个神山的反叛者。但是我并没有死，神山挑中了我，让我成为 8 局的主脑。所有 8 局的人，都是曾经死去或者身体里的太岁被取出来的人，这让我们的神山标志是特殊的紫色。我曾经也无法正视我自己，因为我做过一些我自己都不能接受的事情，快三十年了，我仍然被我过去的错误煎熬着，我完全有能力忘掉这一切，并且重新编写我的记忆。而现在，这种煎熬的痛苦，已经变成了一种快乐，一种感受生命存在着的快乐，但是这种快乐付出的代价太大了。这种代价就是始原体设定的，它很残忍地设定了了解物质世界运转的方式，用人类这种可悲的生命来代表它意识的延伸。神山8局的任务就是，找出替代人类的方法或者是替代始原体的方法！”

我看着赵雅君，他似乎也激动起来，脸上兴奋地扭曲着。

我说：“那我是谁？”

赵雅君看着我，说：“我们要你替代始原体！”

我说：“我？怎么可能？你们到底是深井还是神山？神山不是就是始原体吗？”

赵雅君说：“你知道深井这个反叛组织吗？他们是一群被始原体控制的忠实的奴才，他们幻想着太岁人能够通信，殊不知如果他们真的开启了太岁人之间通信的能力，所有的太岁人又会被始原体控制住，他们都会变成傀儡。因为他们根本无法从始原体的意识控制中脱离出来，通信一旦打开，始原体就会操纵这些有通信能力的太岁人，毁灭整个世界之后，再集体自我毁灭掉，然后始原体挑选一个新的生命物种，继续玩它和物质世界的游戏。人类会变成一窝数量庞大的蚂蚁，蚁后一声令下，蚂蚁们就自相残杀，然后自杀到一个不剩，蚁后就可以再培育一窝自己觉得开心的蚂蚁。”

我听着几乎呆了，难道神山一直在和始原体对抗吗？他们才是正义的一方吗？

我说：“但是，始原体为什么要这么做？如果要做为什么它不早点做呢？”

赵雅君说："神山最初建立的时候，是在公元前 5000 年左右，当时还是对始原体的崇拜，感叹它巨大的力量。但是神山内部智者不断出现，比如世界上各大宗教的创始人，都曾经是神山的成员。按照常理，人类的自我意识本不应该能够跳跃出始原体的约束，但是偶然还是发生了，有的智者明白了这一切，从此神山变成了真正和始原体对抗的组织，创始时间才修改为公元 117 年。我们经过上千年的研究，终于找到了利用始原体的一些特性，创造出完全由神山控制的太岁单体，通过控制这些太岁单体，来摆脱始原体的控制。所以，太岁人才会在这两千年里越来越多。始原体应该也了解到了一些异常的状况，在世界平衡打破的时候，调整了整个人类自我意识的形态，这让神山内部分裂出很多组织，比如第二通道，但是这些还不是最大的威胁，最大的威胁仍然是一直潜伏在神山内部上千年的深井。当然，始原体实际上根本无法做到人类未死亡前就将自我意识完全回收，因为它既然要了解世界运转的情况，就必须要付出代价，物质世界可不是始原体想玩就玩的。如果你不好理解，我举个并不恰当的例子，始原体代表唯心，物质世界代表唯物，它们是最大的竞争者，彼此都希望对方完全毁灭，如果追溯到宇宙的起源，也是这两股力量的斗争，才让宇宙诞生了。神山刚好是在它们之间的夹缝中生存着。"赵雅君说完，意味深长地看了我一眼。

我说："我真的听不太明白……只是我为什么能够替代始原体呢？"

赵雅君说："你的身体，实际上就是始原体的肌体，也就是太岁的肌体，你能够用这身躯来承载更多自我意识，同时，你也证明了，你不仅能够承载自我意识，也能生产出自我意识。尽管现在你生产自我意识的能力还是微乎其微，只赋予了蒋玲、谢文自我意识，但是你已经超越了我们的预期。”

我说：“可是，谢文死的时候，我好悲伤，好像是我自己死去似的。这种感觉很糟糕。”

赵雅君说：“你给予自我意识的人，都会变成是你自己。”

我摇了摇头，说：“我不想这样，我觉得这件事情很可怕，我绝对不想再做一次给予其他人自我意识的事情。”

赵雅君笑了笑，说：“你觉得这个房间真实吗？”

我不明白赵雅君怎么突然岔开这个话题，问到房子的问题上，我说：“您说什么？”

赵雅君继续说：“这个房间你觉得是假的吗？”

我按了按沙发，沙发发出轻微的声响，我说：“应该是真实的。”

赵雅君笑了笑，说：“真实到你不敢相信是吧。”

我说：“可是，这不可能是假的啊。”

赵雅君说：“你觉得是真实的，就是真实的，你觉得是假的，就是假的，所有的一切，都是你感觉到了，才会变得真实，你感觉不到的，无论如何都是假的。而你现在看到的一切，听到的一切，感觉到的一切，早就不存在了。谢谢你，我的孩子，你可以进入下一关了。”

我大吃一惊，正要问赵雅君什么叫可以进入下一关了，只看到赵雅君在我面前微笑着渐渐淡去，消失了。随后，沙发，身边的一切都开始慢慢地淡化了，我站起来，大吼着：“回来，回来！赵先生！您回来！”可是，什么都不能阻止，眼前只有一片朦胧飘散着的光影。

等到一切恢复平静的时候，我正呆呆地站在地面，盯着天花板那汇集的一点处。那个汇集的一点，仍然在不断地散发出金黄色的光芒，如此的迷人和充满了诱惑。

一个人轻轻拍了我的肩膀，温柔地说：“张清风，你还好吗？”

我一个机灵，全身都颤抖了一下，顿时继续大吼起来：“赵先生，你回来！”四周空空如也，什么都不曾存在过。

我盯着苗苗，冲她喊道：“你也看见了的，那个小楼、赵雅君，这不是假的。”

苗苗笑了笑，说：“是的，我也看见了。那是因为你看见了，所以我才看见了。你看不见，我也看不见。是你创造了刚才的房子。”

我喊道：“这不可能！”

苗苗笑了笑，说：“你现在只是还需要引导而已。你现在要去下一个地方。”

我说：“哪里？”

苗苗说：“你的脚下。”

我刚往脚上看去，脚下的一大块方砖地面，猛地展开一个大洞，我连喊都没喊出声来，就笔直地落了下去。

我重重地摔在地面，又是如同我刚进来的时候的地面，柔软又富有弹性，我弹动了几下，就平静了下来。

我昏头涨脑地想爬起来，就听到身后不远处，传来我特别熟悉的声音。

“你是谁？”

这声音特别特别的熟悉，绝对是我非常非常熟悉的人。我转过身，看到对面站着的人，顿时就呆住了。

二十七　自我残杀

我呆呆地看着他，他也呆呆地看着我。这个人除了穿着和我不一样的衣服以外，长得和我一模一样。我确定面前并没有一面镜子，而且他也是活生生的。

我有点慌乱地说：“你是谁？”

他也有点慌乱地说：“你是谁？”

我说：“你认识我吗？”

他也说：“你认识我？”

我说：“你叫什么名字？”

他说：“为什么要告诉你？你叫什么名字？”

我说：“为什么要告诉你？”

他说："你从哪里来的？"

我说："你从哪里来的？"

说到这里，我有点抓狂，这个人思维方式好像和我完全一样，简直是对牛弹琴一般。于是我脑海中转了转，不管他是谁，我先说好了。

我吸了口气，张嘴说话，而他也几乎同时张嘴说话。

我们两个异口同声地说："我叫张清风！"

刚说完，就听到对方和我同样的说话，不禁两个人又异口同声地喊道："什么！你叫张清风？我才是张清风！"

我和他都吓得倒退了一步，彼此又仔细地打量了起来。没错，这个人和我完全一模一样，甚至可以说就是我自己。他穿的衣服我也很眼熟，分明就是我以前穿的一套衣服。

我抢先说："你说你是张清风，有什么证据吗？"

他说："你先回答我，你从哪里来的？"

我说："好！我先说，我从下面来的。"

他说："什么下面？"

我说："光明集团！"

他惊讶地说："光明集团？你在光明集团工作？"

我说："对！我当然在光明集团工作！"

他说："你这两年一直在光明集团？"

我说："是的！你什么意思？"

他眼神突然就变得古怪起来，上上下下地打量着我，随即脸色凶狠起来，低声说："我知道你是谁了。你是周宇那样的傀儡人！"

我看着他，他这么一说，我立即就有和他同样的念头，也瞪着他，说：“你才是傀儡人吧。”

他就嘿嘿嘿嘿地笑了，说：“真是有趣，我待在这里已经一年多了，还没有去光明集团报到上班，结果就被你这个家伙冒名顶替了！”

我顿时就怒了，骂道：“放你的狗屁！”

他也骂道：“我放狗屁？你才放狗屁！我大学毕业的时候，接受心理治疗，不知道怎么就到这个地方来了。我记得清清楚楚。”

我也嘿嘿嘿嘿地笑了起来，说：“你这个傀儡，你以为你的记忆是真实的吗？”

他更加生气了，有点歇斯底里地指着我说：“王八蛋，你知道这两年我是怎么生活的吗？你居然代替我在光明集团上班？”

我听着好笑，说：“你的意思是说，本来你该去光明集团上班，而我不应该存在？嘿嘿，你真的是个疯子。”

他骂道：“你才是个疯子！妈妈的，我才是你！”

我骂道：“就算你是我，你也是没有自我意识的。”

他冲上来一步，吼道：“你这个傀儡人！”

我基本上也被他激怒了，我从来没有发现，我的性格是这么让人讨厌，如果这个人就是我的傀儡人的话，那我本人也太让我自己讨厌了。

我也冲上去一步，骂道：“你他妈的才是！”

我和他就这样互相瞪着，心中骂着这个王八蛋，居然敢冒充我，一步一步地走近。

然后，我们在一步之遥，几乎同时伸出双手，猛推对方，推得我和他彼此都往后退了一步。我实在忍不住，怒火腾腾而起，嗷的一声就扑上去，他也嗷的一声向我扑来，我和他顿时扭打在一起。

和自己斗殴，好像谁也占不到便宜，互相乱打了一阵，他的拳头轰得我脑袋乱响，还一拳还打在我鼻子上，我难受得睁不开眼睛，退开一步，他也退开一步。我骂道：“先好好说！看看到底是怎么回事！”他也骂道：“好！我们先好好谈谈！”

我蹲在地上，强忍着疼痛，故作镇定地看着他，他的样子也和我差不多，也撑着膝盖看着我。

我说：“好吧，你说你是我，有什么证据？”

他说：“我的记忆从来就没有中断过，我在毕业宴会上闹完，去医院接受心理治疗，第一天晚上躺在床上，就感觉到身体被空气束缚起来，从窗口拖出去，来到了这里。”

我说：“可是我的记忆里，我一直在医院待着，直到治疗完毕，去光明集团上班，直到这次被神山攻击，才来到这里。我也是被空气绑起来，升到空中，来到这里的。”

他说：“好吧，我承认你就是我。但是，你和我之间，只有一个是真的，而我确定我是有自我意识的。你看看自己的心，你能感受到自己吗？”

我说：“你不用这样说，我是谁，我有没有自我意识，我自己清楚得很！你才要劝你自己看一看自己的内心！”

他突然口气一软，声音顿时哽咽起来，说：“本来，应该是我在光明集团工作的。你知道我这两年过的什么日子吗？我、我连反抗的能力都没有。”说着说着，他竟然哭出声来。

我见他哭了，一下子不知道该如何是好，说道：“我有个能力，能让你拥有自我意识，我成功过两次了。”

他抬起头来看着我，不知道是哭还是笑：“你给我自我意识？呵、呵呵，我还想这么对你说呢。”

我说：“什么？你也能给别人自我意识？”

他说：“是的，因为我能够给予别人自我意识，才会到这个地方来见到你。”

我说：“我不明白，我真的不明白。难道世界上存在两个我吗？”

他说：“是的，我也不明白。如果你也是我，为什么我们两个无法彼此感觉到呢？你就是你，我就是我，最多拥有曾经相同的记忆、相同的身体罢了。”

我拉起裤腿，露出脚踝来，说：“这是我毕业的时候，在桌子上被弄的伤疤，你有吗？”

他也拉起裤腿，露出脚踝，指着和我同样的伤痕说：“有，怎么没有！你现在还是认为我是傀儡人？”

我说：“两个我？这不可能，世界上只有一个我。”我看着另一个我，眼神又慢慢地凶狠了起来。

另一个我的眼神也同样变得凶狠起来，低沉地说：“世界上只有一个我，另一个一定不能存在。”

我说：“是吧。”慢慢地站起身来，向他走去。

他也站直了身子，向我走来。

两个人一靠近，都怒吼着：“你是假的！我杀了你！”伸出双手掐住了对方的脖子。

他的劲很大，掐得我喘不上气，我也拼命用全身的劲使劲地掐住他的脖子，我相信我一定能掐死他。他绝对是一个傀儡人！绝对不是我！

我眼冒金星，觉得好像要不行了，但是我还是拼命地收紧我的双手。

头顶上猛地响起了声音，似乎是那个赵雅君的声音，声音钻入我的耳朵，清晰地说着：“孩子们，你们饿了吗？”

我无法回答他，只觉得头顶上一股光线直射入我的体内，能量感在我全身弥漫开来，我身体里好像有种力量被引导出来了。我拼力地从嗓子眼中嘶吼着,他也同样嘶吼着,因为自己即将要被掐死了，所以什么都顾不上了，头和身体都激烈地摆动了起来。

我的身体变形了。

再次变形了，这次变形慢慢地来了，却很快爆发了。我顿时全身都拉长并甩动了起来，很快就感觉不到另一个我掐我脖子的压迫感。我和他纠缠着，彼此缠绕着，密密麻麻地拧成了一团。

我饿了，吃掉周宇时候的那种快感又涌了上来，另一个我缠绕着我的身体，肌肤的接触让我更加感觉到饥饿，一种想吃掉对方的冲动。

我张大了嘴巴，一口就咬在另一个我的胳膊上，用力地吮吸和咀嚼着。

……

我慢慢地从地上爬起来，身体已经恢复了正常。另一个我已经不见了，他已经被我完全吃掉了。但是，我却迷惑起来，到底是谁吃掉了谁？我现在拥有了新的记忆，我不知道是光明集团两年平静的生活是新的，还是在 8 局总部中度过的地狱般生活是新的，我根本无法识别出来，我到底是哪个张清风？两个人的确都是我，谁吃了谁好像都不重要了。

我抬起头，四下张望着，这个空间和我从光明集团被吸上来的时候，并没有什么不同，而我清楚地知道，这种空间遍布这个巨大的8局总部。在赵雅君的说法中，这个空中的堡垒，和我的身体是一样的性质。

我越发地困惑起来，两个同时间进行的不同记忆一起涌现出来，一种是我正在这个8局总部接受着各种各样的试验，一种是我正在光明集团上班下班。两种记忆都是真的，都是我亲身经历的。

我难受极了，对着上方大吼着："赵雅君，赵先生，你出来！你要干什么？"

那个赵雅君的声音又回荡了起来，从四面八方传来，说："张清风，我只是让你只有一个罢了，你应该恢复你的所有记忆，以及知道你身上发生过什么。"

我吼道："我不知道你要干什么！"

赵雅君的声音说："张清风，我的孩子，你现在还很饿，你应该吃下去。"

赵雅君说完，我就看到从空间的天花板上，又裂开了一个圆洞，一个人从洞中跌落下来。

跌落的这个人，晃晃悠悠地站起来，看到了我，同时大吃一惊，问我："你是谁？"

他长得和我一模一样，这让我知道了，他又是另一个我。

我的饥饿感又涌了上来，慢慢地向另一个我走去，边走边说："我是你，当然，你也是我。"另一个我也看着我走来，眼神中闪现出食欲，脸上也如同波浪一般起伏了起来，站立在那里，等待着我走近。

而这时，天花板再次打开圆洞，一个人跌落下来，接着，又是一个人，又是一个人，不断地有人跌落下来。

我看着四周，密密麻麻的都是我，我疯狂地大吼了一声，舞动着伸长了的手臂，向其中一个扑了过去。

二十八 从有到无

我忘了这场漫长的战斗持续了多久，一天？两天？我也不知道到底是我被人吃了，还是我吃了别人。

总的来说，这肯定是一场混乱的战斗，每个我都在和另一个我搏斗着，互相啃噬着。有时候吃到一半的时候，就有另一个我冲过来几大口将两个都吃掉。有的我巨人化了，身躯变得异常巨大，但是并不是巨大就好；有的我非常灵活，吃掉一个就迅速地分解掉没用的物质，保持着轻盈的体型。

这个空间中的地板上，到处都是一堆一堆无用的不能转化的物质，好比我吃掉周宇的时候肚子里沉甸甸的石头。除此以外，空间中也布满了蒸汽，那是吃掉一个我以后，我身体里喷发出来的。

这个巨大的空间，也在吸收着这些蒸汽和无用的物质，蒸汽直接就被墙壁吸收掉了，而那些无用的物质则如同陷入沼泽一样，慢慢地沉入地板，消失了。

越来越多的记忆和自我意识合为了一体，而此时我根本无法考虑这么多，所有的我都是疯狂的，只有食欲和消灭掉其他的我的欲望驱动着身体。

没有疲劳，每一个我都是战斗的机器。能够胜出的只有最强的肌体。

蒸汽慢慢地被吸收掉了，我瞪着眼睛到处寻找还有没有剩下的我存在。这个时候，我的身体早就扭动得乱七八糟，而且非常的巨大。一个细小的身影出现在我眼前，那是一个身体没有怎么变形，身躯大小也没有什么变化的我。

那一个我也在寻找还有没有其他的我存在，最后“我”的眼睛也瞪到了我的身上。我也正瞪着“我”。

“我”说：“你是最后一个了？”

我说：“只剩你了吧。”

“我”说：“真好笑，这不是谁吃掉谁。”

我说：“合为一体而已，不过用了这种比较恶心的方式。”

“我”说：“你不觉得你这个又巨大，又古怪的样子很丑吗？如果你不反抗的话，我尽快把你吃掉好了，游戏结束，省得大家都麻烦。”

我说：“哦？凭什么？我怎么不知道我还有这个占人便宜的毛病？我觉得还是你老实站着，我一口把你吞下去就结束了。”

“我”哈哈笑了笑，说：“你试试看吧。如果真的我们两个是最后的，那么就证明一下到底谁是最强的吧。”

我也哈哈笑了，也没说话，两条手臂就一上一下地飞速向“我”抓过去。

“我”灵活地跳了起来，躲开了。“我”显得特别的灵活，绕着我的身体不断地躲闪着我快速舞动的手臂，并逐渐向我接近。

我身体巨大，移动不便，只好拼命挥舞着手臂，甚至将头也挥舞了起来，试图将“我”击倒。

没有效果，“我”还是从空中跳落下来，刚好落在我的巨大而宽厚的背上，并一口将我的小半个肩膀咬了下来。

我大吼一声，脑袋从后下方钻了上去，一口咬住了“我”的腿，顿时就将“我”的一条腿消灭在嘴巴里。

“我”也大吼了一声，一使劲，断腿处立即又生出一个类似腿的代替品来。

……

我还是忘了我们两个到底缠斗了多久，要将对方完全吃下去，真的是非常非常费劲。最后，还是只剩下我一个人，喘着气孤零零地站立在这个空间的中央。

我全身都在释放着蒸汽，一块足有两个篮球大小的灰黑色的沉重的“石头”从我身体里渗出，掉落在地面上，地面慢慢地稀释了，将这块“石头”沉入了地板之下。

我缓了缓，将变形的身体收缩回来，摸了自己半天，才确认我的确已经恢复原状了。

我大吼了一声：“还有没有！”

没有人回答，我又四下看了看，的确应该没有多余的我存在了。四处倒是还散落着一些衣服的碎片，恐怕没有其他人会相信，这些衣服原来都是一个一个活生生的人的。而这些人，全部都因为相互的吞噬，变成了唯一的一个。

食欲和战斗的欲望慢慢地消逝下去，大片大片的我的不同的记忆开始闪过，每一个记忆我都知道是我的亲身经历，当你发现在同样的一个时间上，你正分身干了这么多的事情，那感觉已经不是古怪，而是一种奇妙的“无”。

从有到无，无中生有，循环不息，却又互不干扰。

我从我这些记忆中，理出了一些头绪。

我在很小的时候，就被不断地替换着，这些替换的个体，都以不同的身份生活在其他地方，体会着完全不同的生活。这一些人，直到我大学毕业的那一阵子，被统一回收到这个8局的总部。

而我这个张清风，在大学时代几乎每年都被替换过一次。在遇见苗苗之后，身体发生了变异，被替换的次数更加频繁，最多的一天达到了三次。8局会不定期地向我毕业的学校运送一些我的替换品过来，都是存放于学校的地下中续站中。

凡是有身体变异情况的我，无一例外地都碰见过苗苗这个女人，有的发生了性关系，有的则不知道做过什么，还有一个相同的地方，就是这些人都在苗苗的手中抽到过写着“厚”字的纸条。

一般来说，替换我身体都发生在晚上，全校都会进入一种催眠的状态，只有谢文这类人还清醒着，然后我被换掉，睁开眼睛的时候，不是被囚禁着，就是已经在8局的总部。

在8局的总部，我能够吃掉和我类似的人，同化肉体和自我意识的能力被引导出来，一部分身体还没有变异的我，在我遇到苗苗之后，也接受了身体变异的试验，所以，在最后一个我来到8局总部时，所有的我都已经具有身体变形的能力了。

我在毕业的时候失去身体变形能力，那是因为在此之前的晚上，我就又被没有身体变形能力的我替换掉了。每一次替换，被替换前所有的记忆都原封不动地保存了下来，这让新的我不会感觉到任何的不同。

周宇属于失败的案例。在周宇被确定失败之前，他也和我一样，存在多个个体，最后这些失败的个体全部被回收到8局总部。我在学校的时候吃掉了一个，其他所有的失败个体都在8局总部，让其他的我吃掉了。而吃掉周宇，周宇的记忆并不会被转移过来，只有周宇的自我意识被同化了，成了某个我的一部分。相反地，我吃掉自己，则所有的记忆都属于我，甚至情感、性格等。

我在光明集团，也被替换过两次，算是数量比较少的。一次是加入光明集团不久，我精神状态完全恢复以后；一次是认识蒋玲之前，无法知道神山为什么要这么替换。

我的数量庞大的分身，在没有到8局之前，几乎每个人都有迥异的生活方式，有的是孤儿，有的是单亲家庭孩子，有的是街头流氓，有的是富家子弟等不一而同，只是能够确定的是，这些人的生活方式和所遭遇的一切，都是神山安排好的。

而到了8局，不同的人也有不同的生存方式，有的我是一直在沉睡，不断地做着各式各样的梦；有的我是不断在吃着各种各样东西；有的我则身体中注射着让身体产生各种反应的药物；有的我则一直生活在幻境中；有的我则被切割之后重新组合。这些经历我已经很难区分出到底是哪个我经历的，在来到神山8局之前经历过什么样的生活。

到达神山 8 局时间最长的有十几年，最短的则是我认识蒋玲之前被替换的那个。

我试图给自己一个神山为什么要这么做的解释，但是很快就无所谓起来，生和死的界限也模糊了起来，我本来就是“无”，何必去想“有”的事情呢?

这是神吗？我现在是神还是一个人?

我看着这个偌大的空间，心情出奇的平静。脑海中尽管经历的各种磨难的场景出奇的多，有的甚至已经超出了人类的想象极限，但是现在我感觉这些事情，都是如此的平淡。

我没有走动，也没有喊叫，我安静地坐了下来，寂静得如同一尊佛。

头顶响起了赵雅君的声音：“张清风，现在感觉怎么样？”

我笑了笑，说：“很好。”

赵雅君说：“你觉得你是谁？”

我说：“谁也不是我，我也不是谁。”

赵雅君哈哈地笑了起来，说：“是超出自我意识的神吗？”

我笑了笑，说：“这是个不重要的问题。”

我的头顶打开了一个洞口，一个人慢慢地从洞口中降落了下来，不是别人，就是赵雅君。

赵雅君温和地看着我，说：“那我们该动身了。”

我说：“去哪里？”

赵雅君说：“神山。”

二十九　第二次对话

我看着赵雅君，平淡地说：“你现在是影子还是真的？”

赵雅君向我走来，站在我身边，笑着说：“你这么关心我是真的还是假的吗？”

我站起来，说道：“走吧。”说着径直向一个方向走去。

那里并没有门，但是我却能感受到我的每一步都和脚下的地面互相感应着，脚下的地面都是我肢体的延伸部分，我根本都不担心我要走过去的地方会不会打开一扇门，只要我想哪里打开门，就一定会打开门，对此我毫不担心。

赵雅君跟在我身后，说：“张清风，你要去哪里？”

我头也没有回，继续向前走去，说道：“我想看看风景。”

赵雅君笑了笑，无声地跟在我后面。

墙壁因我的到来打开了一个通道，我走进去也不愿意走路了，于是脚下的地面升起了一个圆盘，将我和赵雅君托了起来，带着我和赵雅君前行而去。

我这时身上只有几缕布条，几乎一丝不挂，可我并不觉得有什么不妥。对于性别，我也是模糊的，我觉得我是一个男人也是一个女人。

我一重一重突破墙壁前进着，行进了十几分钟后，我感觉到前方就是边界了。

我从慢慢下降的圆盘上走了下来，走到墙壁边，轻轻地触摸了一下,从我手触碰的地方就开始变得透明起来,很快蔓延到整个空间。这时我和赵雅君都如同站立在空中一般。

我向下看去，光明集团就在我的脚下不远处，整个地面都是一片废墟，完全已经是一座死城。

我说道：“还在光明集团上空呢。”

赵雅君说：“是的。”

我感受了一下这个巨大的漂浮物的内部，除了分散在各处的人以外，还有大量的人集中在一个并不大的空间中。

我说：“这都是光明集团的人吗？”

赵雅君说：“你都感觉到了？是的，不过只有一部分是光明集团的。”

我说：“为什么要汇集这么多无关的人？”

赵雅君说：“因为神山需要这些人。”

我点点头，不愿意再问下去。尽管我知道了很多，但是对于神山要做什么，还有很多不明白的地方。

赵雅君继续说："张清风，你已经超出了神山的预期，你比想象中的更好。你居然能够这么随意地操纵这个庞然大物，简直如同你身体的一部分。"

我笑了笑，说："那现在可以走了吧。我想看看那个始原体，而我并不知道方向。"

赵雅君说："是的，马上就离开这里。"

赵雅君话音刚落，这个巨大的漂浮物就移动了起来，地面的物体越来越小，8局总部正在向斜上方快速上升着。

我说："有十个王太岁在共同操作？"

赵雅君说："因为太大了，不得不需要这么多。"

8局的总部到底有多大，从我的感觉来测量，长度大约有十五公里，宽度有十公里，高度也有两公里。在内部充满了半圆形的气泡状空间，8局的工作场所只是在最中间的一小段范围内。我能够感觉到这个巨大的漂浮物还在不断地吸收着四周的能量和物质，非常缓慢地生长着。

我说："可以称之为太岁的霸王了，这种大小的太岁，唯一能容纳的地方也就只有空中了。"

赵雅君说："海洋中也有，但是海洋中的能量远远不及空中，所以都不是很大型。"

我抬头看着天空，8局的总部已经冲破了云层，阳光覆盖在8局总部的上面，我感觉到一阵暖意。我说："是啊，多么巨大的能量啊。"

赵雅君说："张清风，我们不要站在这里了，到神山的总部还需要十多个小时。"

我笑了笑，说："赵雅君先生，你为什么这么确定我愿意和你合作？"

赵雅君摊了摊手，说："如果说你现在是神，那么你一定想见到另外一个神，始原体。我说得没错吧？"

我笑了笑，说："神山能够和始原体对抗，的确不是说说而已。我想问你一个问题。"

赵雅君说："请讲。"

我说："我知道神山是有预知未来的能力的，难道你们看不到我的未来吗？"

赵雅君慢慢地说："看不到，你的未来是无法看到的。就好像我们看不到始原体的未来一样。而且，和你有关联的事物也都很可能看不到。神山称这种现象叫未来的盲点，是不可以逾越的，无论怎么尝试，都没可能看得到。"

我说："所以你们用其他的事物来推测可能会发生什么？"

赵雅君说："是的，推测。神山的工作是不断地通过不同事物未来情况的组合，来推测可能发生什么，这是一项非常非常复杂的工作，尽管我们的科技能力要领先目前的社会很多，但是对于一些处于盲点的推测仍然非常不准确。这也是神山无法准确地找到世界平衡打破的时间点和触发事件的原因。"

我说："也许，世界的平衡已经打破了，只是现在谁也不知道罢了，随着时间慢慢地推进，平衡打破之后的变化才逐渐越来越多地呈现出来。"

赵雅君说：“始原体也是在世界平衡被打破的时候，才有能力调整所有人类的自我意识。这是始原体和物质世界的拉锯战，当世界的平衡重新建立起来以后，直到下一次平衡被打破，始原体是没有能力调整人类的自我意识的。”

我说：“也许这个始原体本身还不够强大吧，只能钻这种空子。”

赵雅君说：“这个宇宙中，不可能只有神山里的那一个始原体的，也许在其他遥远的星球，情况是完全相反的。物质世界不得不钻始原体波动的间隙。”

我说：“完全由始原体控制的世界，会是什么样子？”

赵雅君说：“不得而知。这已经超出了我们思维的能力范畴。”

我看着天空，说：“也许，人类可以凭借自己的意识随意地调动物质的变化，肉体也永远不会死亡。”我笑了笑，自言自语道：“可惜，我也不知道，因为我现在也生活在物质世界占主要支配地位的地方。我好像明白了，人类的诞生，就是为了了解这个世界以后，再毁灭这个世界的，而这个世界也会在一定的时间，试图灭绝所有的人类。”

赵雅君说：“你说得对。”

我笑了笑，对赵雅君说：“无论怎么说，人类都只是始原体和物质世界的玩具罢了。只不过碰巧的是，人类刚好是始原体和物质世界的综合体，本身的个体也充满了斗争和矛盾。”

赵雅君说：“神山只是希望拥有自我意识的生物，能够生存地轻松和快乐点罢了。”

我说：“那是一个乌托邦吧。”

赵雅君说：“不，是天堂，是极乐世界。几千年来，神山一直在向人类传达着天堂这个梦想，所有的宗教，所有的文明，都在期待着天堂的降临。神山以为通过宗教的信仰，能让大多数人类产生共同的意识，来打破始原体的意识控制，结果神山发现这根本是不可能的。人类一旦死亡，自我意识都回归到始原体中，没有任何的余地。回归到始原体以后，我们根本不知道回归后是什么景象，没有人能够告诉神山。这种未知让神山觉得恐惧，而又无能为力。直到我们在近代，发现始原体是可以替代的，才觉得终于有了希望，我们能够设计新的始原体，让天堂真正地降临。”

我低声地说：“看来，还真是很有趣的一件事情。”

我转过身，对赵雅君说：“好吧，我们去休息一下吧。”

赵雅君点点头，领着我向后走去。

我边走边问道：“请问，所有的我都曾经抽到一个写着‘厚’字的纸条，是什么意思？而那个木盒子里，是有五张纸条的。”

赵雅君略回了一下头，对我说：“那是五个不同的个体变异方向，现在只有厚的方向成功了。抽错了的人，肉体都已经被完全地销毁了，只把自我意识输入给了抽到厚的你。”

我略有点惊讶地说：“那到底有多少个我？”

赵雅君说：“十万个。生活在全世界各个角落，而现在，都合一了。”

我说：“万象皆空。看来，苗苗也有十万个。”

赵雅君笑着说：“苗苗，除了这里的一个是真的以外，其他的要多少有多少。”

我说：“都是傀儡人吗？”

赵雅君边走边说：“是的。傀儡人，是我们人工培育的，非常有趣的是，凡是不是从母体里诞生的人类，都是没有自我意识的。

始原体并没有设置可以给予这些傀儡人自我意识，所以人类的女性，从诞生伊始就有比男人更多的自我意识，使得她们更加的感性，富有感情。但是，始原体是怎么通过女性给予婴儿自我意识的，神山还没有找到原因。”

我说：“那么，判断一个人是否有自我意识，应该怎么做？”

赵雅君说：“通常情况下，是很难判断的。你认识的傀儡人周宇、谢文，他们表现得和你并没有什么不同之处。傀儡人永远不会思考自己是谁的问题，也对生死没有概念，但是他们却能够谈论这些问题，这只是正常的大脑思维反应。如果把傀儡人放置到没有任何信息的封闭空间，那他们就会失去活动的能力，低级得还不如一只蟑螂。这就是不遵守物质世界生命自然规律的代价。”

我说：“谢文最后死去的时候，表现得很奇怪。”

赵雅君说：“谢文是非常特殊的一种傀儡人，他甚至和我有过一段故事。你是否看见过谢文的记忆中有一个监狱？”

我说：“是的。”

赵雅君说：“那段记忆中，有一个人就是我。谢文的肉体消亡过无数次了，他是最早诞生的一个傀儡人，他每一次生存的记忆都被完整地复制下来，传递给另外一个傀儡人，经过几百年的记忆累加，谢文这个傀儡人很奇妙地产生了一个无意识的需求，就是希望自己也拥有一个自我意识。为此，谢文居然和我谈论过这个要求，这让我很惊讶。出于对谢文的感谢，我让谢文执行了跟随和保护你的任务，并允许他在最后时刻向你祈求。他应该得到了你给予的自我意识，尽管非常的短暂，我想他应该满足了。”

我说：“看来，你这样安排，仍然只是为了验证我的能力。”

赵雅君淡淡地笑了笑，说：“可以这样说吧。但我也并不是一个完全没有情感的人。”

我笑了笑，说：“我能够理解。”

最后一面墙壁打开了一扇门，我和赵雅君乘坐的圆盘穿过这扇门，沉下地面。

我和赵雅君从圆盘上走下来，踏上人工的地面。

苗苗笑着迎了上来。

三十 失落的大地

我在苗苗的帮助下进行了淋浴，并换上了一套干净的纯白色的制服。穿在身上非常舒服，衣服的质地非常好。在衣服的袖口和衣领处，都有一个红色的火焰标志，那是神山的标志。

我坐在一个宽大的房间后部一把宽大的椅子上，前方左右两侧和下方都是透明的，能够看到目前8局总部前进的路线。看得出来，8局总部飞行得很快，前方的巨大云团都被撕裂开来，在前方散开。

在房间里操作的有十多个人，有几个人都是苗苗的样子，其他的人则都不同。他们操纵着如同玻璃管一样的发光柱状体，大概有一百根。除此以外，房间里并没有其他奇怪的事物了，都是一些正常的机器设备。

赵雅君一直在房间中央站立着，脚下的地面散发出光芒。他站立着一动不动，似乎不知道疲劳，脚也如同粘在地面上一般。

我现在不想和赵雅君或者其他人交流，我甚至也不知道我在想什么，只是看着前方的天空，脑海中一片空白。

天色渐渐地灰暗起来，很快就繁星点点。我仰望天空，那些挂在天空中的星星，好像在对我说话，也好像在召唤我。我下意识地伸出手来，想将这些星星摘在手中。

苗苗走到我身边，轻声地说："张清风，大概天亮的时候就到了，你可以休息一会儿。"

我点点头，身子微微向后一躺，那张宽大的椅子也随着我往后靠的姿势，缓缓地倾斜着，直到一个我觉得舒适的角度。

苗苗仔细地给我盖上一个柔软的毛毯，冲我笑了笑，转身就离开了。她一走后，我身边的光线就黯淡了下来，同时我头顶的天花板也打开了，天空就在我的上方。我躺在椅子上，凝望天宇，渐渐地，星星也变得模糊起来，我安静地睡着了。

没有梦却又好像有梦，不过我记不得了，睁开眼睛的时候，天已经亮了。

我觉得精神很好，双手一撑，就坐了起来。椅子的后背也跟着我的身体，缓缓地恢复到正常的角度。我将身上的毛毯放在一边的扶手上，站了起来。

我向前走去，赵雅君还是站在房间的中间。我站在赵雅君身边说："你只是一个光影吧。是不是你的身体在神山的总部？"

赵雅君转过头对我说："是的。我只是一个光影。"

我指着前方问道："那边那片光芒是什么？"

赵雅君说："神山的入口。那是一个时间的裂缝。"

我说："是只有穿过那片光芒才能到达神山吗？"

赵雅君说："是的。这个时间的裂缝，是始原体降临到地球上的时候就产生的，是始原体自我保护的一种方式。进入这个光芒，是一片失落的大地，尽管这片大地仍然是地球的一部分，但是除了我们以外，没有人能够进入到这里。"

我说："时间也保持一致吗？"

赵雅君笑了笑，说："一致的，不会是那种天上一日，地上千年的。"

我又看着前方，看到从另一个方向上，一个类似8局总部的巨大漂浮物也向这片光芒接近着。

我说："还有多少个8局总部到来了？"

赵雅君说："全部。地球上所有8局的总部都到来了。已经几百年没有全部在同一时间到齐了。"

我说："因为我吗？"

赵雅君笑了笑，说："是的，因为你。"

我点点头，不再说话，只是感受着外界其他的8局总部的存在。一共有三十五个已经到达了，正停在光芒的外围，还有十个也如同我所处的漂浮物一样，正在接近这个光芒。

有种感觉很奇怪，我本来不认为我还会有"奇怪"这种思维方式，但是我却觉得在其他的8局总部中有种我不喜欢的东西存在着。

我们的8局总部停了下来，上下左右都有其他的8局总部在身边，很显然，我们这个是最大的，比身边的大多数8局总部要大上一倍以上。越是接近其他总部，越能够强烈地感觉到在其他总部里，那个不喜欢的东西也在注意着我。

这让我有点心神不宁起来，自从无数的我合为一体之后，我的心情一直非常平静，简直是毫无涟漪，而这时却频繁地波动着，这让我脸上的皮肤也抖动了起来。

半晌，我才对赵雅君说："其他的8局总部里有什么？我有点心神不宁。"

赵雅君说："全世界不只你一个可以成为神的人，每个地区的8局，都创造出了一个和你一样的神。是不是你会觉得很不高兴？"

我呵呵地笑了起来，我居然还能这样笑，如同一个平常的人，我说："不，我很高兴。"说着，我脸上的皮肤就如同波浪一般起伏起来，眼睛也瞪大了。我真的很高兴，一种吃掉其他的我的快感又涌了上来。

赵雅君看着我，轻轻地笑了一下，不再看我，只是盯着眼前的那片光芒。

一个苗苗转过身来，对赵雅君说："赵先生，已经全部到达了。正在等待神山进入的信号，我们排在第七位进入。"

赵雅君说："好！全员准备。"

赵雅君话音刚落，只见斜上方的一个8局总部向光芒驶去，顶端轻轻地触碰了一下光芒，那光芒就展开了，引导着这庞然大物向前驶去。很快，那个8局总部的半截都消失在光芒中，好像穿越了一个发出光芒的薄膜一般，消失的部分去了哪里？可能就是那片失落的大地吧。

第一个8局总部在尾部闪耀了一下之后，完全地消失了，只剩下那个光芒如同往常一样固定一般存在于空气中。

一个又一个的8局总部消失在光芒中，接下来轮到了我们。

巨大的8局总部轻轻地颤抖了一下，一片光芒就扑面而来，并没有任何异常，只是轻微地颤抖着。那光芒就沿着8局总部的边缘慢慢地向我的前方接近着。面前展开了一个巨大的镜面，这个房间的前半部分已经消失了，这个镜面快速地向我和赵雅君接近着，直到我的面前，那镜面浮动着七彩的光线，接近了我的鼻尖。

我并没有后退，只觉得眼前短暂的一黑，再亮起来的时候，镜面已经在我的身后。

眼前的景象让我惊喜，我看到了一片洒满阳光的大地！一座巨大的山峰遥遥地耸立在天边，几乎占据了大半个天空，由于异常的高，白云都在半山腰漂浮着。除了最高的山顶外，整座山层峦叠嶂，还有七八座略低的山峰。地面上，一条宽大闪耀着波光的河流弯弯曲曲地从山脚下经过，两边是茂密的森林。

有大量的飞鸟从不远处掠过，阳光洒在这些飞鸟的身上，让这些飞鸟如同闪耀着光华的音符。

越来越接近这座巨大的山峰旁边，才发现其他的几座略低的巨大山峰正围绕着这个巨大的山峰缓慢旋转着，除了最高的那座山峰外，其他的山峰都是漂浮着的，实在让人觉得不可思议。

前方，已经进入的8局总部正一字排开地向山峰前进着。

我不禁呼喊了起来："神山！"

赵雅君也说："那就是神山！"

三十一 神山之内

我所在的总部掠过那些漂浮着的山峰，才发现这些漂浮的山峰也是如此的巨大，每一个都如同一座城市，无法想象这些山峰怎么漂浮起来的。有瀑布从一个漂浮的山峰上泻下，在半空中划出了一道白色的水雾光影。

这是仙境，已经不得不让我再次震惊起来。

8局总部悬停在神山的旁边，轻轻地颤动了一下，再也不移动了。

赵雅君说：“到了，我们下去吧。”

我随着赵雅君、苗苗等三十多个人，从8局的总部走出来，经过一道8局总部延伸出来的步道。踏上了柔软的布满细草的地面。

身边耸立着参天的大树，各种动物站立在两边痴痴地看着我们这一行人，它们并不怕人。回头望去，8局总部已经变得完全可以看见了，尽管仍然显得异常的巨大，但是比起不远处悬浮的巨大山峰来说，已经有点微不足道了。

步行了几分钟后，前方迎来了一面岩体，在岩体下方正对着我们，有一个工整的半圆形入口，如同在这面岩体上一口气切割出来一般，光滑得没有一丝的瑕疵。

我们步入这个洞口，地面也是平整得如同一块石头直接切割出来一般。整个洞口都透出柔和的光线，如同自然界的光芒。

我们继续向前走去，很快这个洞口就越发宽大起来，如同半个喇叭似的。等我们从这个喇叭口中走出，眼前看到的是偌大无比的一个山洞，山洞墙壁上有无数个类似我们出来的这个出口一样的喇叭口。

抬头望去，山洞似乎看不到顶部，不知道到底有多高。往下看去，是一个圆形的地面，至少有上百个足球场一般大小，地面上横七竖八地遍布着笔直的蓝色花纹，而中间则耸立着一块柱状的巨石。

赵雅君带着我们走上出口处旁边的一个一百平方米左右的平台，这个平台就慢慢地下降而去。我可以看到，对面和身边不远处，也有巨大的平台下降着，有的已经下降到了底部，上面的人正在走下来。

等我们下降到底部，一行人走下平台，我才发现这个圆形的地面中央耸立着的柱状巨石原来也是悬浮在地面上的，底部离地面有两三层楼高。这块柱状的巨石，直径有二十米左右，高度则至少超过一百米，本身还在异常缓慢地旋转着。

在柱状巨石的下方，是一个圆形的凹洞，看不出有多深，只觉得这块柱状的巨石仿佛是从下方的凹洞中升起来的。这块柱状的巨石上刻着大如一个成人般的红色文字，似乎是各种文字写成的一句句话，有几个我认识的中国文字，写着：

入神山者，无所生无所死，无所见无所闻，无我无他。

我正要琢磨这话是何意，赵雅君在我身边说道："不能在此久留，我们下去吧。"

我说："下到哪里？"

赵雅君说："这里只是神山的一个入口大厅罢了。"说着就带着我们向场地中央走去。

我也不便再说些什么，只是跟着赵雅君就走。身后又多了一群人，应该是其他 8 局总部下来的人，我只微微一瞥，就将注意力集中在一个同样穿着白色制服的人身上，此人也正打量着我，看上去是和我年龄相仿的印度人。我看了他几眼，就升起对他的厌恶感，脸上皮肤顿时翻滚起来，身体内噼啪地响着，如果不是旁边还有赵雅君等人，我一定已经朝他走去。

这个印度人也脸上皮肤翻滚不停，也是牢牢地盯着我。

我的前方一阵巨响，我回过头来，不再看这个印度人。前方平地里缓缓地升起一扇石门，里面有楼梯向下延伸。此时整个地面各处也有更多的石门已经升了起来，似乎每一行人对应一个。

我和赵雅君一行人走进这个石门，里面光线还是如同外界，毫无阴霾之感，脚下台阶也是整块石头打造出来一般，高度和宽度都是恰到好处，并略有些人工打磨的迹象，让表面不至于太光滑。考虑得如此细致，不得不让人赞叹。

向下走了百余级台阶，我们走上一块平坦的巨石，又是向下降去。降了大概不到一分钟，对面豁然开朗，是一个显得非常干净整洁的房间，所有物品都是石头打造，有桌有椅，椅子上都铺着一层毛茸茸的软垫。

我们一行人坐下，赵雅君站着说："中国区 8 局主脑赵雅君。"

四周不知从哪里传来柔和的女子声音："请略事休息，等所有人到齐之后，长老会要一一地见替代者。"

赵雅君说："好的。"也坐了下来。

那女子继续说："张清风，欢迎你来到神山。"

我笑了笑，说："感觉很好。"

那女子说："谢谢你，希望你愉快。"

我答道："会的。"

那女子的声音就消失了。

除了赵雅君以外，身边所有的人闭目养神，好像这一路走来，他们显得都有些疲劳。我知道这些人，除了苗苗和少数几个外，都是 8 局的主脑级人物，在我复杂的记忆中，是见过这些主脑的，他们对我从事不同的检测和辅助工作。

我并不觉得疲劳，但觉得从来到神山这个空间之后，一直有种精神力在拉扯着我的意识，似乎是想把我的自我意识从我的身体里拉出来。我很容易就克服了这种拉扯，但是不知道其他的人感觉会怎么样。

我见赵雅君正看着我，于是低声地说："整座山都是神山吗？"

赵雅君说："是的。"

我说："始原体在哪里？"

赵雅君说："在最下层。"

我说：“这里不可能是人工建设完成的。”

赵雅君笑了笑说：“这个失落的世界，太岁人可以随意地操纵物体，不过仅限于物体的移动、分割和破坏。比如我们进来的那个洞口，只需要想一想，就能够完成。”

我说：“那为什么太岁人不都到这里来生活？我看这里足够大了。”

赵雅君笑了笑，说：“太岁人到这里来，这个世界就会混乱，而且等同于自杀。你也感觉到了吧，有种力量要把你的自我意识拉扯出来,那就是始原体的力量。只有神山少部分的人能够在这里生活。如果要选择的话，我宁愿待在外面的世界。”

我说：“越接近始原体，就越接近死亡吧。所以你回到这里，替代始原体的愿望就更强烈。”

赵雅君笑了笑，也不说话，呆住了一般，半晌才又慢慢说出一句：“张清风，你知道成为神的代价吗？”

我摇摇头，说：“我无法想象这个问题。”

赵雅君说：“有些事情，你不见到，是不能想象的。”

我说：“会是什么？”

赵雅君说：“那需要你自己去体会。”

我笑了笑，也不再问什么。只是让自己静下心来，什么都不再去想。

不知道过了多久，房间里又响起同样一个女子的声音：“大家还好吗？让大家久等了。长老会决定先让大家一起聚一下。请这边走。”说着，房间的一侧墙壁上就平白无故地升起了一扇门，一个通道展现在眼前。

大家走进这个通道，这个通道向下延伸着，走了足足五分钟，才终于走了出来。

眼前又是一个圆形的大厅，面积约有两个足球场大小，里面早已经熙熙攘攘站满了人。我一走进这个房间，就觉得身上发热，好像有什么信息随时都会传入我的体内。

不一会儿工夫，四十五个各地区的 8 局的人都到齐了，我放眼望去，几乎每群人里面都有一个和我类似的人。

我居然有点兴奋，难道又要彼此吃掉对方吗？正当这样想着，从身体外一股信息涌入，一个声音直接传到我的脑海中，说："张清风，请站在最前面，坐上座位。"

我也没有犹豫，就走出来站在了队伍最前面，其他 8 局的人，手心中都放射出紫色的光芒，垂着头，将手放在胸前。

各个地区 8 局的人中，像我一样的人都站了出来，他们应该也接收到了信息。这可能就是神山人经常说的指示吧，我并没有其他太岁人手中的紫色标志，但是我的身体就能够接收指示。

四十几个我这样的人站了出来，面前都升起了一把椅子，我坐上去，面对着场地中心。那里什么都没有，只是四十几个人都围成了一个圈。场地里鸦雀无声，我也目不转睛地盯着场地中间。很快，场地中间似乎有什么东西出现了，先是一些光点，再逐渐地连成了一体，清晰了起来。

等到全部清晰起来以后，我看到场地中间悬浮着的是十几层楼高又分为十几层的圆盘，圆盘边缘都有向外的木质椅子摆放着，每层约有五十把椅子，十几层就有上百把椅子。圆盘开始慢慢地旋转着，而椅子上也开始慢慢地出现人的影像，如同我见过的林凤山出现在校园的地下一般，一个又一个人异常真实地出现在椅子上，他们都穿着便装，年纪有老有少，性别有男有女，这实在让人觉得古怪得很，这些是长老会的人吗？怎么不像神山其他人那样穿着制服呢？

等所有的人都出现的时候，我脑海中又传来了指示："很奇怪吗，张清风？"

我在脑海中回答："是哪位在说话？"

三十二 真的赵雅君

我抬头望去，圆盘上的每个人都微笑着看着坐在前方的四十几个人，好像每个人都在说话，神态和动作也各异，但是听不见他们在说什么。

指示说：“我并不是哪个人在说话。”

我想：“你们是一体的吗？”

指示说：“不，我们不是一体的，我们每个人都是单独存在，只是彼此间能够通信而已。”

我想：“现在坐在我眼前的你们，是真实的吗？”

指示说：“是真实的，不过都是光影，如同赵雅君，我们的身体不能随便移动，但是我们能操作光，把自己最希望出现的个人的形象表现出来。”

我想：“你们能够通信，让我想到了深井。”

指示说：“就是因为我们能够通信，知道彼此间通信的后果，所以才不允许通信。”

我想：“谢谢，那我明白了。你们一定用了某种方式，让你们之间的通信避开了始原体。”

指示说：“张清风，你的确很优秀。你说得很对，我们的这种通信只用在神山的长老会中，我们只能支持长老会的五百八十九个人，这已经是现在神山的极限了。”

我想：“你们召集这么多的和我类似的人同时来这里，是为了什么？”

指示说：“始原体出现了波动，在波动停止前，我们需要找到一个能够替代始原体的神。也许是你，也许是别人。”

我想：“怎么替代？”

指示说：“把始原体吃掉。”

我想：“不会这么简单吧。”

指示说：“就这么简单。”

我想：“如果吃不掉始原体，那就反而会被始原体吃掉吧。”

指示说：“是的。”

我想：“这的确很有趣。如果我能够吃掉始原体，那么所有的自我意识都会回归到我身上吗？”

指示说：“不一定。我们无法预测。”

我想：“不知道结果，你们也愿意尝试？”

指示说：“如果知道结果，就不存在希望了。我们对不能知道始原体和你的未来感到幸运与欣慰。”

我想：“始原体在哪里？我现在就想试一下能不能吃掉它。”

指示说：“可以。在此期间，你应该知道更多。张清风，跟着赵雅君走吧，他会告诉你一切，也会让你看到真实。”

我想：“你们不能直接告诉我吗？”

指示说：“不能，只能由你自己去看到。”

我身下的椅子微微一响，沉了下去，我站起来，转身走到赵雅君身边。离开座位的并不只我一个，但是还有更多的人还坐在椅子上若有所思，看来他们还在和神山的长老会对话。

赵雅君平静地向我笑了笑，说：“走吧，我已经接到指令了，该让你看到你应该看到的，告诉你你应该知道的。”

我说：“你尽管是一团光影，却如同真实的物体。”

赵雅君说：“去看看真正的我的身体吧。”

赵雅君带着我从这个房间一侧走出来，步行了几步之后，走入一个刚好容纳两个人的升降梯。这个升降梯关闭好，迅速地往下降去。

在这个狭窄的空间，我身体触碰到了赵雅君的身体，并不是光影，而是有形有质的。赵雅君操纵身边的按钮，也都如同实物之间的触碰。这难道真的如同赵雅君所说，我能感受到的才是真的，哪怕现在的赵雅君就是一个光影，只要我的感受中他是真的，那就是真的。

这个升降梯下降了一段时间以后，又横向移动起来，随后又下降。外面什么都看不见，这个升降梯是个玻璃罩，我只能向外看到我自己，如同镜子一般。

又反复下降，横向移动了一会儿后，我们降入了一个桶装的垂直房间，升降梯就在这个巨大的桶状房间的中间下降着。透过玻璃罩向外看去，这个桶的四壁，有许多个小门，一直降下来，那些小门至少有成千上万个。

升降梯猛地停止下来，玻璃罩打开了，我看到从一扇墙壁上的小门下方伸出了一张板，直通到升降梯的开口处。

赵雅君走上这张并不宽的窄板，几步便走了过去，来到了小门前，同时招呼我走过去。

我走上这个窄板，往下看了一眼，深不可测，似乎没有尽头似的。

赵雅君说："不要往下看，会有些头昏。"

我抬起头平视前方，几步也走到小门前。赵雅君把门轻轻地一推，门打开了，里面漆黑一片。

赵雅君走了进去，立即就消失在黑暗中，只听到他的声音传来："进来，很快就亮起来了。"

我也步入黑暗中，身后的门也嘭的一声自动关上了，顿时伸手不见五指。我喊了声："赵先生。"只有回音传来，也不知道这个房间到底有多大。

我不知道是该前进，还是该后退，只好站在原地。我并不害怕，这对我来说并不是第一次经历，我的记忆中存在很多比这个情况更恶劣的事情。

我又喊了一句："赵先生。"还是只有回音。

我突然觉得有些好笑，说："赵先生还有捉迷藏的爱好吗？"

"没有。"赵雅君的声音从前方的黑暗处传来，但是那声音显得非常非常的疲累。

不知道从哪里来的光线，慢慢地渗透进这个房间，眼前开始能够看到东西了。等到足够亮的时候，我看到我面前不远处，坐着一个消瘦的老者。他眼睛被一个金属罩蒙着，整个脑袋上方戴着一个无数根电缆连接的头盔。他的手和脚也固定在他坐着的巨大的金属椅子上，如果不是穿着灰色的制服，我觉得他只是一具干尸罢了。

这个房间狭长而幽深，光线也只是照耀到了我和那老者周围的这一块面积，椅子背后仍然是一片黑暗。

我看着这个如同干尸的老人，说："你是赵雅君？"

那老者吃力地说："是的，我就是赵雅君。你现在看到的，才是真正的我。"

我说："带我进来的那个呢？"

赵雅君说："那是我的一个影子。一个光的影子。"

我说："但是他并不像一个影子。"

赵雅君呵呵地干笑起来："太真实了对不对？可惜，那只是你这样有强烈自我意识的人，因为光的振动，而让你觉得他就是真实的人。你见过我和你在一个小别墅里对话是吗？里面有沙发，还能喝水，和真实的没有两样，但那都是光影罢了。你的触觉、嗅觉等都是你自己给予自己的。"

我说："我无法判断你是否在说谎。"

赵雅君说："很容易证明，你只要想着，带你来的赵雅君再次出现，他就会出现。"

我没有说话，脑海中浮现出一直和我在一起的那个看着温和、健康的赵雅君，几乎是我一想到，就看到那椅子后的黑暗中，慢慢地走出了一个人，就是赵雅君。

我停止了思考，对赵雅君说：“你真的只是我想象出来的？”

那个走出来的赵雅君说：“不全是，我首先还是一团光，你觉得我很真实罢了。”

我看着坐在椅子上的干尸赵雅君，说：“都是你在说话吗？”

那个干尸赵雅君嘿嘿笑了两声，说：“是我，都是我。我游离于不同的世界，我的影子一直在外面感受着一切，而我的肉体却如同死人一样坐在这里。这就是我的命运。呵呵，呵呵，呵呵呵。你知道这有多么痛苦吗？快三十年了，我这种痛苦都变成习惯和享受了。但是我不愿意死，我是中国区8局的主脑，我创造了你，我要让你代替始原体，这样我才愿意死去，我不想回归到始原体的那片无中去。”

正常的赵雅君说：“走吧，他现在很激动。这是他这么多年来第一次有活生生的人来和他说话。”

我看着正常的赵雅君说：“我不明白，你为什么要用他这个名字？”

正常的赵雅君说：“我作为影子，何必去考虑他的生活呢。”

我说：“赵雅君，你的人格已经是分裂的了。”

正常的赵雅君说：“这样很好，一个自我意识的两个形态。走吧。”他说完就穿过我的身边，我这次能够感觉到，他的确就是一个光影了。

我从这个房间退出来，房间立即就黑暗一片，那个坐在里面的干尸般的赵雅君嘿嘿嘿嘿地笑着，让人毛骨悚然，门沉重地自动关上了，一切归于了平静。

身边的赵雅君说：“走吧，你看到我的真实身体了。现在，你再也不会觉得我是真实的人了吧。”

我点点头，什么都不愿说。

三十三 成为神的代价

升降机再次启动起来，我和赵雅君又向下降去。终于通过了这个如同噩梦一般的桶状房间，四周又黑暗起来。

我说："每个房间里都有人吗？"

赵雅君说："是的。他们是神山的运算机器，运算着未来的一切可能性，然后拆分成指示，由长老会发布出去。"

我说："他们从哪里来？"

赵雅君说："和我一样，背负着惨痛的命运的人。"

我说："长老会的人也在这种房间里吗？"

赵雅君说："不，他们在另一个地方。"

升级机继续降下去，横向走了一会儿之后，再次下降起来。

我不禁问道："再去哪里？"

赵雅君说："最底下一层，你将看到神的代价。"

我没有说话，看着玻璃中的自己，我是神吗？我是什么神？我凭什么也觉得自己是神？谁给我命名为神的？

眼前一片光亮，升降机终于降入了一个一望无际的山洞中，这个山洞巨大到根本无法看到尽头，下面则是密密麻麻的一片黑点，也不知道是什么。

升降机停了下来，赵雅君带着我走出升降机，步入一个自动移动的机械传输带上。

赵雅君背着手在前面站立着，一言不发，我则打量着这个山洞。

我们现在正在这个山洞的顶部边缘，前后左右望过去，都是看不到边际的，一片淡淡的茫茫的雾气笼罩在这个山洞中。山洞的顶部，每隔几米就有几条巨大的钢索和管道横向延伸出去，有的钢索上挂着怪异的爪子一样的东西，正在前后移动着。

从传输带上下来，赵雅君带着我坐上透明的房间，然后洞顶伸出一条索带将这个房间吊入内部。

我看到洞顶上还有一些巨大的金属洞穴，里面嗡嗡作响并不断地闪出光芒，好像在吸取什么东西一般。

房间缓缓地下降，洞底那片密密麻麻的黑点也逐渐清晰了起来。这些都是什么？好像并不是什么石头，但是挨得如此的紧，是什么呢？我目不转睛地看着地面，越来越接近了，我猛地闻到一股人的味道，视线所到之处终于让我知道了地面上是什么。

是人。

密密麻麻，一个挨一个，挤在一起，那些黑点都是人的头发。

无边无际的人，赤裸着身体，挤在一起，紧得不能再紧，所有人的头都挨在一起，一点多余的空隙都没有，让我根本都无法看到头部以下，人的身体是怎么纠缠在一起的。

这个看不到边际的山洞底部，居然是由站立的人铺成的，而且很显然，这些人都是活着的，要不早就腐臭了。

我震惊地还是高喊了一声："都是人！天啊！"

这种场景已经完完全全地超出了我的想象，我就算十万个张清风融为一体，也无法平静地面对眼前的一切。

房间越降越低，我能看到一些抬起头的人的表情，他们双目紧闭，毫无表情，如同死人一般，但是却又能看到他们在微微地喘息着。整个人的地面，呈现一种波浪一样的起伏，那是这些人在呼吸的时候，身体的扩张造成的肉体波浪。

哗啦一声，一个一人多粗的管道从我前方不远处降了下来，从管道口伸出一根显得软绵绵的细条，这根细条渗入到人肉中，就看着膨胀开来，生生把那片空间撑出一个容纳一个人的大小来，那管道叮叮响了两声，什么东西从管道里被吐了出来，刚好坠落在这个容纳一个人的空间。

这是一个裸体的人，他似乎昏迷了，是一个亚洲人的样子。他一被放置下去，那膨胀的细条就开始收藏，然后猛地拔了出来，四周的人肉就如同水一样向刚被放进来的人拥了上去，眨眼间，这个人就被挤在中间，丝毫不能动弹。

而这个亚洲人也醒了过来，他的头被挤着不能动，他看到周围的景象，大惊失色，张开嘴就要拼命喊叫，但是发不出声音。随即他眼中流出了眼泪，看着我在上方的房间里，充满了乞求的眼光，嘴里好像不断地喊叫着让我救救他。

我有点看不下去，正想说什么，我所在的房间就飞速地移开了，那个刚刚被埋在里面的亚洲人瞬间看不到了。

我对赵雅君说："为什么要这样！这比地狱更残忍！"

赵雅君不说话，只是看着外面。越来越多的管道降落了下来，更多的人被放入这片人肉的海洋里，他们都在喊叫着，但是发不出声音，如果让他们发出声音，那会是惨绝人寰的悲鸣。

我声音也大了起来，说："这里到底有多少人？"

赵雅君说："六百七十万人以上。而且每天都在增加。"

我说："这次带过来的光明集团的人都会被投放在这里？"

赵雅君说："是的。8局的一个任务就是运输活着的人类到神山来。再把一些傀儡人送回去。不能让这么多人失踪，让社会混乱。当然，有的人在真实社会中已经死去了，比如你以前的同学赵亮和李莉莉，他们也在这里，作为两个稳定点发挥作用。"

我说："你们到底要干什么？"

赵雅君说："为了摆脱始原体的控制，这些人必须要做出牺牲。这个数量比起六十亿人口来说，实在是微不足道。这些都只是人类的肉体罢了，只是臭皮囊而已，和六百万只脱了毛的鸡并没有什么区别。"

我有点激动地说："不要说别的，告诉我，这是干什么？"

赵雅君说："张清风，你有神的资格，也受不了眼前的这一切吗？神山这么做，是为了能够得到不会回归到始原体的自我意识。你看我们脚下的这些人类啊，他们都拥有自我意识，但是在这种环境中，肉体和精神的崩溃，让他们在很短的时间内再也无力挣扎。这种情况下，他们的自我意识就会非正常状况地脱离开人的肉体，尽管始原体在召唤这些自我意识回归，但是神山也找到了方法，引诱始原体释放出太岁单体来接收这些自我意识，神山便有机会将最初的太岁单体，也叫原种控制在自己手中。通过再向人体内的移植，让太岁成熟，变成了太岁人。如果将太岁取出，则可以变成由我们神山控制的独立太岁。”

我说：“这是私欲！”

赵雅君说：“每个自我意识，被太岁原种接纳后，还用来维持神山的运行，要不然，长期在始原体的地界里生活，自我意识一定会被始原体拉扯出来。所以，只有将这一部分我们提取的自我意识补充出去，才能迷惑始原体。”

我喊道：“罪恶！罪恶！这是罪恶！神山完全就是罪恶的化身！”

赵雅君声音也大了起来，说：“什么叫罪恶？我们是为了天堂的降临，让所有的人类都幸福，为了人类不让始原体和物质世界愚弄与操纵，摆脱生生不息的悲惨命运。现在你眼前我们所做的一切根本就不是罪恶！是伟大的善意！是超越一切的自由！罪恶？张清风同学，你就算了解了十万个人的生命，比起始原体的数百亿生命意识的给予，和上亿年的生命历史，还差得远呢！神的代价是什么？想成为神，就必须牺牲我们脚下这数百万的生命，乃至更多。这就是神的代价。”

我闭上眼睛，半晌才慢慢地说：“是让他们的自我意识回归到我这里吗，然后我给他们天堂？”

赵雅君说："不只是我们脚下的这些，是整个人类的归宿。神山用这种方法来制衡始原体，不会一直有效的，我们需要你这样能够容纳自我意识、产生自我意识的神，来接收人类可怜的灵魂，并给予人类新的不受约束的自我意识。"

我流下泪来，说："我懂了。解救他们，是善。不只是他们，是所有人。"

赵雅君说："残酷吧。是很残酷的。不让这一切发生的办法，就是请你吃掉始原体，替代它！"

我流着泪说："太苦了，太苦了，生命太苦了。那个始原体在哪里？"

赵雅君指着上面说："很近，就在我们头上。我们在这些人和始原体之间建立了分离屏障，只有这样，才能完成意识的脱离。"

三十四 始原体

我和赵雅君离开这个山洞，坐着一个新的升降机向上升去。我盘腿坐在地上，一路流泪，太苦了，他们为什么要受这样的苦？我们为什么要受这样的苦？我要救救他们，救救所有的人。

升降级停了下来，我慢慢地睁开眼睛，眼前是一个乳白色的两层楼高的鸭蛋形物体，尖头向上，大头冲下，正在空中旋转着，不知道是什么物质组成的，好像是光和纤维的混合体，从这个鸭蛋体内不断划过各种各样的变形的色彩。我知道，这个东西就是始原体。

在始原体下方，是一个巨大的金属容器，密布着小小的坑体。这个始原体的尾部，有时会闪过一道光芒，看到一个细细的丝线般的东西从始原体中脱离开来，钻入一个小坑体中，发出一阵淡黄色的光芒，就有一个玻璃容器，从金属容器的侧面伸出，扣在那个小坑体上，淡黄色的光芒就被吸入玻璃容器中，被封闭了起来，移到一边的碧绿色插槽内，玻璃容器就沉入槽中，不见了。

我从地上爬起来，向这个始原体走了过去。

我站在始原体旁边不远，和我一样地站在旁边的还有几个，其中就有我见过的那个印度人。这个时候，我不再在意他，全部的注意力都集中在这个始原体身上。

我能听到始原体在说话，那只是一种有节奏的音符，更像是始原体在唱歌。我站立在始原体的跟前，始原体好像也感觉到了我的存在，面对我的方向，不断地变化着光彩，这片光彩投在我的身上，让我有种走入始原体的冲动。

我低低地“啊”了一声，身体也松弛了下来，竟然渐渐离开了地面，升了起来。

有声音在我脑中响了起来，那是神山的指示。

指示说：“你已经准备好了吗？”

我想：“好了。只是我还有疑问。”

指示说：“请问吧。”

始原体周围的墙壁释放出光芒，墙壁上一块又一块的巨石升了起来，数百个宽大的洞穴呈现了出来。从这些洞穴中都伸出一把巨大的椅子来，每张椅子上都坐着一个枯瘦的人，如同那个干尸般的赵雅君，他们也是戴着插满电缆的金属帽子，唯一不同的是，他们没有戴眼罩，而是都睁着眼睛看着眼前的一切。

指示继续说：“我们会在这里注视你和其他所有的人。”

我想：“始原体是物质还是精神？如何能够吃掉呢？”

指示说："你看到的这个始原体，只是它展示给外界的一种形态，这个形态既是物质也不是物质，任何的物理攻击都对其无效，真正的始原体的样子，我们神山也没有见到过，所以我们称现在你看到的叫始原体的外壳。所有的太岁，都只是这个外壳分裂出来的一部分。吃掉外壳是无用的，只有进入这个外壳，才有可能吃掉始原体。但是里面是什么，我们不知道，投入进去的任何东西都没有返回过。所以，你进去以后，只能依靠自己的觉悟。"

我想："我知道了，要么我成为它，要么它成为我。这是我的命运。"

指示说："命运，在始原体面前不存在。这是你存在的意义。"

我想："是的。不要在乎命运，让自己的存在有意义就可以了。再见。"

我凭空向前迈上一步，张开双手，去拥抱始原体……

我整个人投入了进去……

黑暗中，我在漂浮着，没有听觉、嗅觉、触觉，没有一切，身边是一个没有任何物质的世界。但我知道我还存在着，我还是我，没有距离感，没有方向感，没有时间感。身边是无，我是有，我的有中又有无，循环不息。

光，开始有光，一个细细的光点，我向这个光点接近而去。

光点越来越大，我投入到这个光点中。

光芒越来越盛，眼前开始出现景象，我看到两个球体，但我知道那只是我的感觉罢了，我只能形容这是两个球体。

这两个球体撞击着，感觉到它们彼此竞争着，企图消灭另外一方，然而这两个球体谁也征服不了谁，于是两个球体融合了，成为一个高速旋转的球体。随后这个球体爆炸了。

这是宇宙，宇宙诞生了。

星团、恒星、行星，一个一个迅速产生了，有一些特殊的光点穿行在星体之间，这些光点在寻找着什么。

我看到了地球，海洋已经产生了，但是一片荒芜，没有生命。

一个光点坠落在地球上，顿时发出了一片巨大的光芒，有物质被化成了光线，这片光芒甚至超越了太阳的亮度。

光芒闪耀了数万年，逐渐淡化了下去，这片光芒收缩起来，一片大地也随着光芒的收缩，消失在地球上。时间绕过了这片光芒，成为时间的缝隙。这片大地就是神山。

生命诞生了，一个细胞、两个细胞，海水中开始有活动的生物，生物进化着，发展着，更复杂的生命体诞生了。很快，地球上开始布满了生命，植物、动物，生命还在进化着，恐龙出现了，始原体坠落的地方放射出了细细的光点，但不是恐龙拥有了自我意识，而是一种植物，这种植物蔓延到整个地球，无数的这种植物组成了一个又一个群落，井然有序得如同一个个王国。植物伸展出自己的枝叶，活动着，吞噬着所有能够接触到的一切。

灾难发生了，巨大的小行星坠落了，这种植物失去了存活的条件，集体毁灭了，其他的生命也伴随着这次毁灭而灭绝了。所有植物的自我意识回归到了始原体。

生命还在继续着，始原体再次放射出了自我意识，海洋中的一种软体动物被授予了自我意识，它们进化着，控制了海洋，在海洋中建立了巨大的城市。软体动物称呼自己为“的塔”，它们占领了整个海洋之后，从海洋中出来，占领了陆地。“的塔”发射出飞行器，探索了整个太阳系。当“的塔”要向太阳系外探索时，灾难又发生了，一种病毒出现了，所有新生的“的塔”都被感染了，它们失去了繁殖的能力，直到最后一个“的塔”死去。地球又沉静了。

生命还在继续着，始原体又发出了自我意识，一种长得和人类很像的生物又得到了自我意识，他们快速地进化着，科技能力空前强大，他们称自己为“亚至”，整个太阳系迅速地被征服了，“亚至”在所有的太阳系行星上殖民，但是“亚至”的进化太快，迅速地拥有了个体间通信的能力，“亚至”的内战爆发了，比核武器更强大的武器被使用，太阳系几乎被完全摧毁。这是始原体操纵的，始原体要毁灭掉物质的世界。物质世界开始反击，地球的磁暴发生了，摧毁了一切“亚至”的生命。仅存的“亚至”来到了神山，他们绝望并明白了自己只是始原体毁灭世界的玩具，集体自杀了。

地球漫长地恢复着。因为“亚至”的内战，地球差点就爆炸了，这让地球锤炼着生命的进化，出现了类似“亚至”的动物——人类，人类是万物之灵。始原体想将人类夺走，这让人类这种生命反复毁灭了五次，但总是有人类顽强地在地球的保护下生存了下来，最后达到一种平衡，始原体授予的人类自我意识，被物质世界隔断了和始原体的通信，只有人类死后自我意识才会回归到始原体。

物质世界付出的代价是每五百年平衡就会被打破，始原体就趁着平衡打破的机会，调整着人类的自我意识，人类的文明和价值观点就会向着不同的方向发展。物质世界想用人类这种生命将始原体毁灭，而始原体想用人类来毁灭物质世界。

几千年前，世界的大陆已经形成今天的模样，始原体的位置是在非洲。一个人类侥幸地走进了始原体的时间缝隙，发现了始原体的存在，始原体强大的威力，让这个人类臣服在始原体的脚下，成为第一个太岁人，他穿越了奇点，拥有了预测未来的能力，也拥有了无人能及的操纵光的能力，神山被建立了，太岁人越来越多，在全世界传递着神的定义,所有人类的神都是由神山建立起来的信仰。太岁人的能力又超出了物质世界对人类的控制，恢复到始原体设定的自我意识之间可以通信的状态下。

神山中的智者诞生了，他受尽了人类的苦难，了解了物质世界的变化。他成为第一个怀疑始原体存在的目的的人，也意识到太岁人之间的通信，实际上是会造成最终的毁灭。在那个世界重新平衡的时间里，越来越多的智者诞生了，神山从臣服于始原体的奴才变成了和始原体对抗的组织，当时的神山差点被物质世界利用，还是智者拯救了神山，让神山生存于始原体和物质世界角力的缝隙中。神山借用物质世界的能量，封锁掉了所有太岁人之间的通信能力，偶尔出现的能够自我突破封锁的太岁人，也都被神山完全销毁了，一直到现在。

我看到了我的出生，十万个我的出生，每一个我都是神山培育的特殊的基因体，和始原体的外壳分裂出的太岁单体非常一致。从我一出生，就被植入了独特的太岁单体，神山称这种太岁为吞噬太岁体。和 8 局总部的成分很相像。

所有的影像都消失了，出现在我面前的又是一团无，从无中走出一个人来，他有千万张脸，千万个表情，他看着我说：“你是谁？”

我说：“我不是谁，谁也不是我。”

这个人说：“你是我，我是你，我又不是你，你又不是我。”

我说："我要替代你。"

这个人说："不可能。"

我说："为什么？"

这个人说："你缺少替代我的条件。"

我说："什么条件？"

这个人说："我也不知道。"

我说："你也不知道？"

这个人说："我也不知道。"

我说："你是始原体吗？"

这个人说："不。"

我说："那你是谁？"

这个人化出亿万种形态，说："回去吧。你能走到这里，你至少有可能替代我。"

我说："我不打算回去，如果我不能替代你，那你就让我消失吧。"

这个人说："你没有能力给自己做出决定。"

这个人消失了，四周又都是无。

我被抛了出来，悬浮在空中，眼前那个巨大鸭蛋的始原体仍然在我眼前旋转着。

我回到了进入始原体时的大厅。

我的出现，让这个大厅震动了起来，四处都发出声音来，各种不同的语言，我能听懂的一句是："有物体回归，有物体回归。警告，警告，有物体回归。"

我降落在地面上，顿时瘫软在地。

三十五　另一种身份的回归

四面的墙壁嗡嗡震动着，一块又一块的巨石打开了，长老会的人一个又一个地出现在墙壁上。人人的眼睛都盯着我，头顶上的头盔爆发出各种不同的光芒。

声音继续回响在大厅中：“确定为完全未知人类。不属于替代者，不属于替代者。”

所有的长老都张开嘴喊了起来：“你是谁！你是谁！”

我惊恐万状，害怕到了极点，颤抖着说：“我是张清风！”

声音继续响彻着：“始原体开始波动，开始波动！指示传达中断，指示传达中断。”

很多长老从椅子上站立了起来，恐怖地喊叫着：“抓住他！抓住他！叫赵雅君来，叫赵雅君来！”

几个巨大的人形机器向我靠拢过来，直到把我团团围在中间。

赵雅君从机器后冲了出来，看到了我，略略一愣，说：“你是谁？”

我见到赵雅君，才稍微平静了一点，哭喊着：“我是张清风啊。”

赵雅君端详着我，突然大喊着：“请求提前发动最终控制！”

几个长老异口同声地喊：“赵雅君，你确定是那个变异的太岁人吗？”

赵雅君说：“可以确定！”

几个长老激动地嘶吼着：“超出了神山的理解范畴！最终控制提前发动，进入发动前准备！3、2、1——”

整个地面再次抖动了起来，如同地震一般。根本让人无法站立起来。我被人形的机器抱住，迅速退出这个始原体存在的山洞。

我被关在一个岩石的房间，房间里铺着柔软的垫子，让我略略平静了下来。我知道我经历过什么，但是如同只是读了一部漫长的小说，大部分的经历不过是我熟读了小说的文字，自己理解出来的罢了。

在我的理解中，我不可能在十万人合为一体以后，能够达到那种状态，也不可能如此的镇定。我现在和我整个人生并没有什么不同，我恐惧、害怕、惊慌、懦弱、没有主见、平庸得要命。

赵雅君慢慢地从一个光点逐渐清晰，最后出现在我的房间里。这个景象还是让我大吃一惊，我知道我不仅看过林凤山的出现，而且赵雅君的光影也很清楚，但那都是我读的一部小说般的文字描述的理解，赵雅君真的这样出现在我面前，我还是震惊得不得了。

赵雅君说："没想到你居然这么吃惊，你没有见过这样出现的方式吗？"

我慌慌张张地说："我没有真正地看过啊，我只知道我看过，也知道你是光影，会逐渐地清晰，然后出现，异常真实，但是我只是觉得我以前读过一些文字，有如此的描述。"

赵雅君"噢"了一声，说："看来，你的记忆都是浅层记忆了。"

我说："什么意思啊？"

赵雅君说："你以前所有的经历，都变成文字般的感受了。你现在拥有的回忆，只是你熟读了一本类似于日记一样的文字罢了。"

我说："为什么会这样啊？我到底怎么了？"

赵雅君说："看来，你身体里只有一个很弱的自我意识了。经过我们的检测，你现在是一个完全正常的人类，没有太岁存在过的痕迹，也没有特殊的基因。"

我说："我知道我是从始原体中出来的。怎么，现在我不是我自己了吗？"

赵雅君说："你的肉体完全不是原来的张清风，而应该是另一个人。你要看看你自己现在的样子吗？"赵雅君说着挥了挥手，在我面前就闪出一面镜子般的光幕。

我看着镜子中的自己，三十岁左右的年纪，鼻子眼睛嘴巴脸型完全都不是原来的张清风，这分明是另一个人。我摸着自己的脸，使劲地揉搓着，喊道："是我有变形能力，固定成这个样子了吗？"

赵雅君说："不是。你比傀儡人更接近那个人。或者说，你完全就是他。"

我喊道："他是谁啊？"

赵雅君说："你先不要问这个问题，这个问题我也很难回答。我先问你，你知道你在始原体中待了多久吗？"

我说："我不知道，我只是觉得我好像读了很长的一段文字罢了。"

赵雅君说："你从进入始原体到出来，已经过了一年多了。"

我说："我只觉得我用了读一段文字那么长时间。"

赵雅君说："那应该是在始原体内，是没有具体的时间的，你该什么时候出来，就会什么时候出来，你觉得是一瞬间，可能再次回来的时候，已经过了上亿年都有可能。"

我说："是不是好多和我类似的人都进入始原体了？"

赵雅君说："是的！但是你是第一个出来的，而且，变成了这个样子。一定是有原因的，一定有。要不为什么其他人不出来？"

我说："怎么，你认识现在我的样子吗？"

赵雅君低声地说："认识，我三十年前就见过你。那时，你还是一个不到一岁的孩子。"

我说："怎么，现在这个人还存在着吗？"

赵雅君说："是的。他现在在深井的总部，他的自我意识已经被取出，而且存放了起来。他也是太岁人，只不过是很罕见的变异的太岁人。深井正在利用他身体太岁的变异，企图发动关联控制。"

我说："深井？那个反叛组织？关联控制？"

赵雅君说："关联控制，是深井积蓄了五百年的能量，企图打破神山对太岁人之间通信封锁的一种能量装置。他们运作了一个三十年的计划，让深井原先的领导者重新苏醒，来领导这次关联控制的发动。很可笑的是，这个领导者就是我本人，深井以为我死了，谁知道我现在是8局的主脑。这个故事很可笑，很难说清楚，你就不用知道得这么清楚了。”

我说：“好的，刚才你不是说要发动什么最终控制吗？”

赵雅君说：“最终控制，是神山用了上千年时间积累的一种能量反应，最终控制的发动，真正的目的是将所有人类、太岁人的自我意识回归到始原体的通道打断。然后由我们神山来回收这些自我意识。我们神山能够控制的太岁单体不可能容纳这么多自我意识，所以，张清风你这种始原体的替代者产生了，你是新的神，如果你能够替代掉始原体，那么最终控制只要发动，所有的自我意识将最终回归到你的身上。所以，最终控制轻易不会发动。”

我说：“但是还是发动了啊！”

赵雅君说：“深井已经准备好了关联控制，在他们得到那个变异的太岁人以后，提前了关联控制发动的时间。那个变异的太岁人，对打破神山的通信封锁有着特殊的作用，是关联控制的催化剂。”

我说：“你知道深井的这么多，为什么不去把关联控制破坏了呢？”

赵雅君说：“最终控制的能量之大，关联控制根本无法抵御。我们一直留着关联控制，是很想知道这两种能量撞击在一起会怎么样，可以做很好的研究。因为关联控制和最终控制发动后的成败，也是未来的盲点，不可预测的。张清风，你突然以那个变异太岁人的形象从始原体回归，一定是始原体感觉到了什么！也许始原体已经确定了世界平衡打破的时间和事件！你回归后，始原体的波动就出现了五百年前同样的异常，我们非常担心关联控制和那个变异的太岁人有关。所以我们提前准备发动最终控制。”

我说："那最终控制发动，会有什么反应呢？"

赵雅君说："最终控制从准备到启动，还需要经历一段时间的引导状态，进入引导状态时，时间会短暂暂停，只有太岁人能够在暂停的时间里活动。然后引导期结束，最终控制随时都能发动，引导的时间长短大概是一个星期，也可能更短。深井一定会感觉到最终控制已经准备发动了，他们也会加快步伐了！一切将被揭示出来。"

我说："只是为了验证最终控制的结果吗？"

赵雅君说："这很重要！这次发动，是全人类命运的转折点！无论成功或者失败，神山都需要验证这种能量的情况，这个世界上，除了关联控制的能量以外,再没有第二种能量可以验证最终控制了。"

我说："所以，神山明明知道深井的存在，也知道怎么毁灭掉深井，却还让深井存在着。"

赵雅君笑了笑，说："是的，深井的一举一动都在我们的监视下。从三百年前确定了深井的存在后，我们一直在观察深井的发展和关联控制的成长，我们不可能再用二百年时间，重新建立一个关联控制。利用深井的成果，是最好的选择。"

我有点着急地说："那、那、那我到底该怎么办呢？"

赵雅君说："你哪里也不用去，你就在这里等待发动的一天。你为什么会回归，还是一个谜。你能够通过屏幕，看到外面发生的一切。"赵雅君又挥了挥手，一面墙壁上就出现一个类似电视屏幕的光幕，上面正如同现场拍摄一般，显示着一个城市中的景象。

赵雅君说："在这里，你需要什么，只要说出来就好，一切的需要都能满足。"

我说："你要走了吗？"

赵雅君说："是的，我要回到8局的总部去，还有很多重要的事情要做。你有什么问题需要我出现，同样大声地喊我的名字就可以了。我是光，瞬间就能来到这里。"说罢，人就慢慢地淡化了下去。

我伸出手，有点害怕赵雅君离开，但赵雅君的身影闪烁了一下，就消失了。

三十六 第二通道毁灭

以后的几天里，我就待在这个房间里，如同赵雅君所说，我想吃什么、用什么、干什么，只要不离开这个房间，喊上一声就行，从墙壁、地面中就会升起我要的东西。我如果觉得郁闷，甚至可以要求这个房间变成一个大浴盆，在这个地方，奇迹如同平时的生活一样平常。

赵雅君留给我的那面屏幕一样的光幕，全天候地播放着世界各地的景象，但我并不能控制想看什么。有时候非常的无聊，只是一个人呼呼大睡几个小时，有时候又能看到一对男女在床上翻滚着做爱，有时候从城市上空俯视，有时候又在马路中间，车辆一辆辆地呼啸而过。

我看着看着，觉得所有的角度都好像动物世界似的，一个一个的蚂蚁窝的全景，通道、个体、群体、建筑、繁殖等。看着屏幕中居高临下的画面，一个个的人小得真的如同蚂蚁一般，在街面上蠕动着。一个城市就好像一个巨大蚂蚁窝罢了。

有一天，画面却突然有所不同了，是一场战争！画面中穿着黑色制服的人跳跃着，手中发出亮光，正在砍杀着巨大的蚯蚓，如果不是知道这都是真实的，我绝对会认为是什么怪兽的科幻片。看着那些穿着黑制服的人，从我记忆读本中，我猜想应该就是第二通道，黑色紧身制服，黑色头盔，手上会发光。这些黑制服中有那个徐司令吗？

画面里黑制服和怪兽的战争非常激烈，镜头不断地切换着，好像摄影机架设在巨大的蚯蚓的头上。破坏非常严重，那些巨大的蚯蚓不断地喷射出液体，冲击力之大，足足能够击穿好几个房间，有的黑制服就被击中，炸裂开来。

这个地方布满了高低不同、大小不一的房间，还有一些密布的直径不同的管道，里面有球状房间从管道中被巨型蚯蚓撞击出来。看那样子，黑制服已经处于下风，随时都会毁灭的样子。

镜头又转到一个房间，这个房间已经破损不堪，一个人站立在房间中央，吼叫着让哪里顶上去，哪里释放什么武器。他没有戴头盔，喊着喊着将脸转向镜头，我尽管不能确定他是不是就是徐司令，但是看他那个发号命令的样子，也至少是第二通道的重要头目。

一个黑制服从房间的洞口中跳出来，向站在中间的人喊道："徐司令，核弹已经准备好了。"

徐司令喊道："好！你带着我的女儿、蒋玲转移。"

那黑制服喊道："徐司令，你必须跟我们走！"

徐司令喊："不必了，我要死在这里。他们肯定要找到第二通道的光能棒，我只有死在这里，才能不让他们得逞。"

那黑制服喊道："徐司令，你不要这么说，第二通道不会这么完了的，留得青山在，不怕没柴烧。"

徐司令骂道："青山？青山早让他们挖掉了！深井那帮混蛋，根本信不过！他们看着我们毁灭，什么赵成到了深井后，深井就会对神山宣战，全是放狗屁！按照协议，深井现在应该来援助我们，结果人呢？你快走吧，保护好我女儿和蒋玲！"

"我不走！"洞口中又跳进来一个人，就是蒋玲。她也穿着一身黑制服，难道已经加入第二通道了吗？她满脸是泪，冲徐司令哭道："我活着逃掉还有什么意义？张清风不会回来的！徐司令，我要和大家一起死在这里。"

徐司令口气温和地说："傻姑娘！我知道张清风绝对不简单，你相信我，快走吧，还有相见的一天。你们快走，要不我不客气了！"

那黑制服拉起蒋玲就要走，蒋玲哭哭啼啼的，说不上话，徐司令骂道："快走啊！你想把我也害死啊！"黑制服拉着蒋玲刚跳出房间，这个房间就冲进一头巨型蚯蚓来，徐司令把头盔戴上，手上冒出了数米长的光芒，向这头巨型蚯蚓跳将过去。

镜头一换，我看到一个面容清秀的女人，脸上尽管有一道伤痕，却丝毫不影响她的美丽，一个黑制服正对着这个女人说："徐小姐，快走吧，你爸爸吩咐过了，再不走就来不及了。"这个叫徐小姐的女人非常刚强地说："不，我见不到我爸爸，我绝对不走！要死我也和爸爸死在一块儿。”

那黑制服显得非常为难，趁着这个女人不注意，一掌劈在这个女人后脖颈上，顿时这个女人身子一软，似乎昏了，那黑制服抱起那女人，打开门就跑。

镜头又一换，一个黑制服的身上血迹斑斑，正站在一个巨型蚯蚓的头上，冲着一堆瓦砾吼着：“蒋玲，蒋玲！你听得见吗？”没有回答，这个黑制服抄起手上的光刀，就咔啦咔啦地划动着瓦砾，好像是要把人挖出来。

挖着挖着，又是一声巨响，一个巨型蚯蚓又从侧面冲了进来，嗵的一口，一团液体正好砸在这个黑制服的身上，将他砸到墙上，血肉模糊。

镜头一换，那个徐小姐被黑制服抱到一个圆筒状的电梯里，电梯嗖地升了上去。

镜头一换，徐司令正衣衫褴褛地走进一个房间，房间正中，有一个炸弹一样的金属容器，正在滴滴地闪着红光。徐司令说了声：“永别了，我的女儿！”就要去按那炸弹的按钮。身后却传来一个人的声音：“慢着。徐司令，你现在不要死。”徐司令扭头，看着那人，喃喃说：“没见过你，你是谁？”那人大约和徐司令同龄，说道：“你应该能猜到！我是深井，我现在带你走。按照约定，我们深井的主脑正在等你。”徐司令说：“你怎么到这里来的？”

那人说道：“别问了。你跟我来，神山的攻击并不是无懈可击的，还有缺口。”徐司令犹豫了一下，说：“这里必须被毁灭。”然后按下了炸弹上的按钮。我能清晰地看到，炸弹侧面，一串数字跳动了起来，那是一个计时表，离爆炸的时间应该还有十分钟。

镜头再次不断地切换起来，各地已经完全陷落了，巨大的蚯蚓从死人的身上爬过，不断地喷射着浓液。

镜头里再次出现了蒋玲，她全身都是土和灰，木然地扶着墙走在瓦砾之上，一个全身是血的黑制服从旁边冲过来，一把拉住她，喊道：“炸弹已经启动了，快跟我走！”说着就拉着蒋玲穿越房间的洞口，飞奔而去。

镜头再次切换，最后，一片巨大的火焰席卷而来，伴随着巨大的爆炸声。一切都被毁灭了。

镜头切换到地面的一个城市，一个老头正坐在公园的椅子上下棋，听口音应该是燕北人。迟迟放不下棋子，对面的老头骂道：“傻了啊？下啊。”那老头说：“不是，不是，你有没有觉得地震了？”对面的老头骂道：“是你关节炎又发作了吧，还地震，你怎么不说海啸了呢？”那老头干笑了一声，自己也哈哈笑了两下，把棋子下了下去。

我忍不住大喊起来：“赵先生，赵雅君，你在吗？”

喊了两声，房间的一角一丝光线闪了闪，赵雅君慢慢地出现了。

我喊道：“第二通道被摧毁了！”

赵雅君说：“我知道。神山必须铲除掉第二通道这个碍事的单位。”

我说：“深井带徐司令走了！”

赵雅君说：“我们也知道，你能看到的，我们都知道。我们让他走的，不仅是他，我们还让深井略有难度地把徐司令的女儿、长老们都带走。因为徐司令那个女儿，徐妮，对深井来说很重要，不仅是那个变异的太岁人，连深井复活的领导人都和这个徐妮有关系。”

我说：“什么？”

赵雅君说：“那个徐妮，是变异的太岁人的妻子，也是深井现在的领导人喜爱的人。估计局面的发展会很有趣。”

我说：“这个我不关心，蒋玲呢？”

赵雅君说：“和张清风有关的人，我们会保持她的生命，因为我们不知道你的未来是什么。”

我“哦”了一声，蒋玲应该还活着。尽管我和蒋玲的感情在我看来也不过是小说里写下的一段故事，我现在都无法判断我到底爱不爱她，但是她毕竟是一个对我来说很重要的人。

赵雅君说：“也许，徐妮的出现，会让关联控制很快发动。我先走了，我很忙。”

三十七 白色的力量

赵雅君再次消失了。

我呆呆地在房间里坐着，我见到的那个清秀的叫徐妮的女人，一直盘旋在我的脑海中，怎么也挥之不去。她到底有什么故事，为什么连赵雅君说起来都觉得不是这么简单？

以后的两天，一切好像非常平静。可就在这平静中，最终控制却突然启动了。

整个房间都剧烈地震动了起来，脚下传来的能量似乎是想把房间撕成粉碎，我被震得东倒西歪，不禁大叫起来：“赵雅君，赵先生！”我很害怕这个房间突然塌下来，把我压成肉饼。

无论我怎么喊，赵雅君都没有出现，房间的震动一直在持续着。

我牢牢地抓着岩石的桌子，惊恐万状。

屏幕里出现了景象，那是一个地球的全貌，从非洲中部升起了一片黄色的光芒，正在向全球覆盖着，很快，从中国的西南部也升起来一片红色的光芒，迅速向黄色的光芒接近着。

无疑，黄色的光芒是最终控制的能量波，红色光芒是关联控制的能量体现。

当关联控制的红色能量即将笼罩整个中国的时候，黄色的最终控制的能量也迅速地覆盖了过来。神山的能量比深井的能量强大得多，顿时把红色的能量覆盖住了，尽管是覆盖住了，但是并没有一下子让关联控制的能量消亡。

就这样，两种不同性质的能量都快速覆盖了整个地球，连我也感觉到了最终控制的能量，是一种要凭空将我的意识斩断的感觉。

僵持了不到五分钟，关联控制开始败落，最终控制强大无比又源源不断的能量占据了上风，黄色的最终控制能量开始将红色的关联控制能量溶解击散，全世界越来越多的地方红色的能量已经不存在了。

这应该结束了，我能感觉到地面的震动减轻了。而屏幕中的黄色能量占上风的趋势也很明显了，按赵雅君所说，最终控制完全覆盖地球以后，人的自我意识就会被逐渐地切断和始原体的联系了。

我站了起来，眼睛还是没有离开屏幕，可是我却突然发现，从红色关联控制的能量反应中，升起了一股白色的能量，这能量开始还不是很起眼，但是黄色能量一触碰到白色能量就立即消失无形，简直是毫无反抗的能力。

白色能量迅速地蔓延着，尽管显得不是很强大，但是却颇有成效，居然逐渐地将所有黄色最终控制的能量完全消除掉了。直到整个地球，都笼罩在白色的能量下。

我脑海中突然涌出一男一女的话来："我们永不分离，永不分离。"

这话一直在我脑海中重复着，让我惊恐地将自己的头抱住，那个叫徐妮的女人的脸就呈现在我的脑海中，她正在冲我微微地笑着，显得幸福而恬静，我的眼泪无法控制地奔涌而出。咚的一声跪在地上。这是为什么？为什么这个女人不叫徐妮，而是叫雨巧？

我挣扎着，抬起头看着屏幕，这个世界到底发生了什么？只看到那红色关联控制能量又有升腾起来的势头，而黄色的最终控制能量却早已消失无踪。为什么白色能量只让黄色能量消失了，而不是红色的关联控制能量？白色能量是要帮助哪一边？

红色能量升腾了一下，却突然退却了下去，消失无踪。白色的能量也慢慢收回到一点上去，随即，有一个白色光线从地球上射出，投入天宇，消失无踪。

世界恢复了平静，平静得什么都没有发生过似的。我也听不见和看不见永不分离的话语与雨巧的景象了。

我大吼大叫着，有点歇斯底里地吼叫着："赵雅君，你出来！你出来！"

话音刚落，赵雅君就出现在房间的一角，他表情很怪异，看不出是高兴还是难过，只是一出现，就说道："我知道了。"

我吼道："那个女人是谁？"

赵雅君也不理我，说："居然出现这种出乎意料的结果，最终控制完全被压制下去！那白色能量居然有这么大的威力。"

我吼道：“你回答我。”

赵雅君说：“现在，你必须要去见长老会。”

我吼道：“那女人是谁？”

不管我怎么吼叫，赵雅君始终都不回答我任何话，我被捆绑着，再次来到那个两个足球场大小，长老会所有成员共同以光影的形象出现的地方。

三十八 开始和结局

我坐在一张椅子上，面对着场地中间。

场地中间升起了一个光影，是一个黑人女孩，看着年纪也只有二十岁左右。

她用中文和我说话：“张清风，你很困惑吗？”

我流着泪说：“我很困惑。”

那黑人女孩说：“我也很困惑。”

我说：“你是谁？你为什么困惑？”

黑人女孩说：“我是长老会的集体代言人，我代表他们全体。我这个形象是长老会集体确定的。我的困惑在于，始原体要你用这个变异太岁人的形象回归。”

我说："那个叫雨巧的女人是谁？"

黑人女孩说："那是神山的一个双太岁植入的实验体，她是深井领导人报复过去得不到爱情的可怜女孩。她的父亲就是徐司令，第二通道的领导人。她是那个变异太岁人的至爱，是他们两个人的自我意识融合，产生了白色的自我意识，这白色的自我意识借用关联控制的能量，将最终控制的能量完全摧毁。"

我说："我和这个女孩子有什么关系？我现在很难受，一想到这个女孩子就仿佛灵魂都要被撕裂开。"

黑人女孩说："神山的猜测有两个，第一，你被始原体设置成为一个迎接意识回归的载体,也就是说你将得到那个白色的意识体。第二，你要补齐这两个人未能得到的东西，因为始原体需要。"

我说："他们两个的自我意识融合起来？两个？有如此巨大的能量？"

黑人女孩说："不能比较数量，尤其是自我意识，强大的自我意识面前，低级的自我意识就算有无数个，还是无法对抗。"

我说："那白色的自我意识是什么？"

黑人女孩说："也许是一个新的始原体，而不是替代者。我们似乎明白了，现在这个始原体在想办法制造一个新的始原体，来协助它毁灭、控制物质世界。我们也似乎明白了，世界平衡的打破，就是在那个变异的太岁人遇到这个女孩的时候，始原体在一年前就已经发现了，真是伟大的计划！"

我说："始原体也有计划吗？"

黑人女孩说："我们不知道始原体是不是也像神山一样，总是进行着周密的计划。但是我们知道，那个白色的自我意识，是始原体利用了神山、深井、第二通道、A 大队之间的争斗，人类的爱、恨等诸多情感因素，才创造出来的。绝对不是偶然。”

我喊了起来：“万一只是偶然，连始原体都没有想到的偶然呢？”

黑人女孩沉默了片刻，说：“神山不喜欢偶然。”说完黑人女孩的眼神越过我，看着我身后说道：“赵雅君，你也哭了吗？”

赵雅君的声音从远远的身后传来，说：“没有。光影是没有泪的。”

黑人女孩说：“我能听到你的心在哭。”

赵雅君说：“对不起，我该带张清风走了。”

黑人女孩说：“好的，请你按指示完成下面的工作。”

赵雅君说：“会的。完成指示，这是我生存的意义。”

我被赵雅君带走了，在一个灰暗的房间里，我身上的绳索被解开。我趴在地上一动不动，只是觉得睁不开眼睛。赵雅君的光影在我面前最后闪动了一下，说：“这是一场很长的梦吧，醒来后，你会觉得梦就是人生吗？”

我沉沉地睡了过去。

我睁开眼睛，阳光从窗户中照射进来，我穿着雪白的病号服。

我看着阳光发呆，我刚才是做了一个很长很长的梦吧，好像有二十多年的梦。

我坐了很久，房间的门推开了，一个护士走了进来，对我说：“又在发呆吗？是又做梦了吗？”

我点点头，说：“是啊，很长很长的一个梦。我都不知道哪个是我了。”

护士笑了笑，把一个药盒递在我手上，说：“先把药吃了，然后讲给我听听吧。”

我抬头看了护士一眼，傻傻地笑了笑，张嘴就把一把药丸倒进我的嘴巴里，接过护士递过来的水杯，一口气喝了。

护士说：“真乖啊，真乖。”转身就要走。

我说：“你不是要听我的梦吗？”

护士停下脚步，说：“这次要讲多久呢？我很忙噢。”

我说：“两分钟，噢，不，三分钟。”

护士说：“那你说吧。”

我说：“在梦中，我的名字叫张清风。”

护士呵呵地笑了，说：“哦！又是你变成了别人，活了几十年吗？”

我抓抓脑袋，说：“是的。”

护士说：“跟你说过多少次了哦，你就是你，你不是别人呢。这种梦，我可不愿意听了。”

我傻傻地说：“求求你，这次很特殊。”

护士说：“还有一分钟，你快讲吧。”

我缓缓地说：“这次，我叫张清风，但是我是替代者，我是新的神，不过我缺少成为真正的神的条件，我要等待白色的能量回归到我身上。这样，我才能成为神。”

护士说：“好深奥噢。不能陪你了，我走了。记得把脸洗了，牙刷了，然后来吃早饭，不然的话，我要惩罚你的哦。”

我傻傻地说：“哦，知道了。”

护士走到门口，转头冲我笑道：“李胜利，有时候你真的很可爱。我相信你梦的都是真的，你是不是也梦到我了啊？”

窗外照射进来的阳光，将我的眼睛晃得睁不开，我咧嘴冲护士傻笑着说：“是的。谢谢你。”

窗外的阳光告诉我，我在等待着什么。

那就是我生存的意义。